台湾引き揚げ一家の記録

命の恩人と〝再会〟した70年ぶりの里帰り

河内洋輔

台湾引き揚げ一家の記録

命の恩人と〝再会〟した70年ぶりの里帰り

目次

第一部

七十年ぶりの帰郷

第二部

台湾に嫁いだ母

第三部

葬送のあとさき

○本書の内容は、本人の記憶を基に作成されており、正確でない場合があることをご了承ください。

○一部、現在ではあまり使われない表現がありますが、当時の状況を伝えるために本人の文章をできるだけ尊重しています。

○台湾の地名については、当時と現在で行政区分等の変更等により実際の場所と異なる場合があります。

○記載している肩書等の情報は当時のものです。

第一部

七十年ぶりの帰郷

生まれ故郷・台湾

かねてより、生きている間にもう一度、生まれ故郷である台湾の高雄《たかお》（カオシヨン）を訪れてみたいと思っていました。

終戦の翌年にあたる昭和二十一（一九四六）年、当時満七歳だった私は、艱難《かんなん》辛苦《しんく》を乗り越え母と妹と共に台湾より引き揚げてきたようです。まだ幼かったということと、生来の楽天家気質から、つらい思いをした記憶は残っていません。既に両親も他界しており、詳しい資料も当時を知る知人もおらず、残っている情報といえば断片的なものばかりでした。

生まれたのは高雄市の旗山《きざん》（チーシャン）というところであるということ、台湾で警察官になった父の元へ母が内地より嫁いで行ったということ、日本人が住

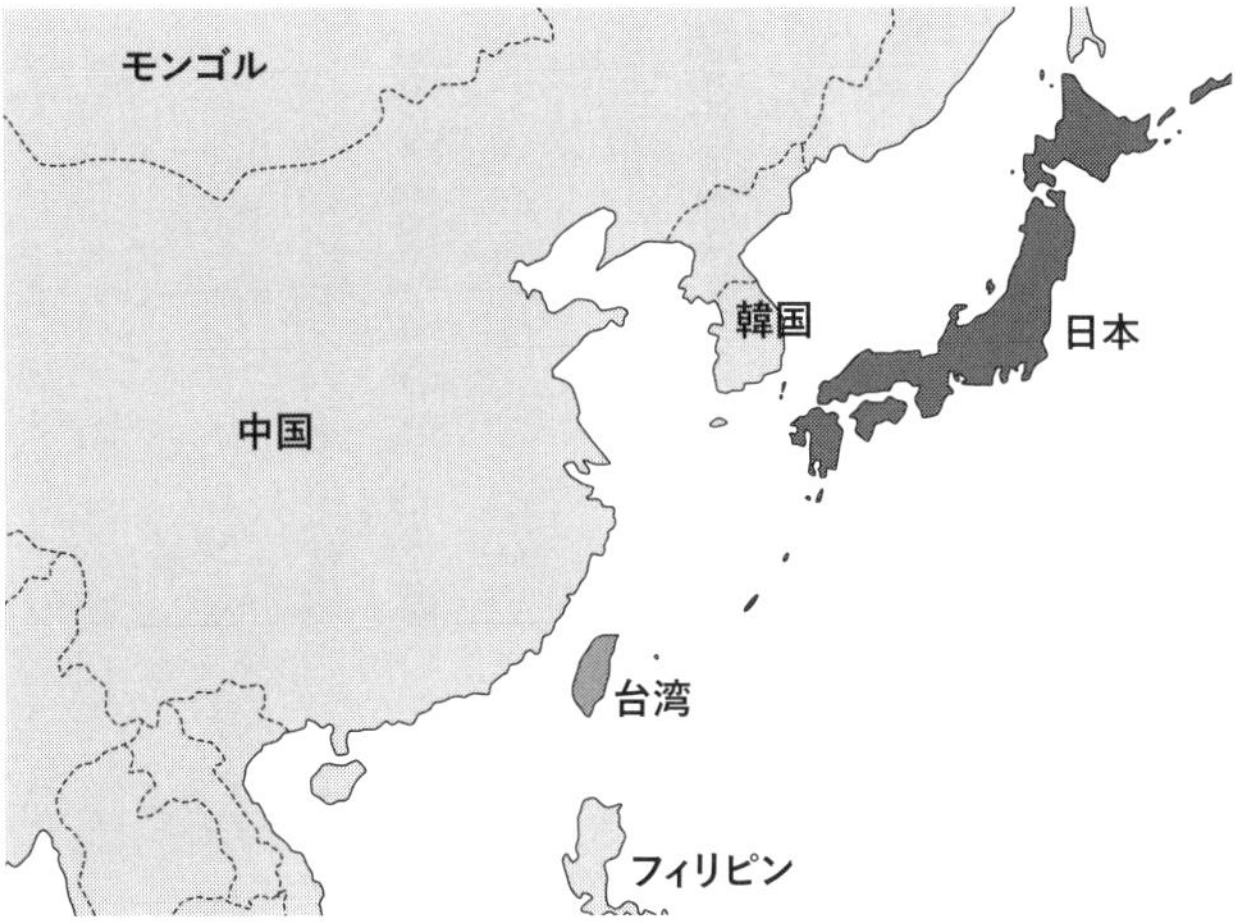

日本統治時代の台湾で私（洋輔）と妹（マスミ）は生まれた。父は戦前フィリッピンの商事会社に勤めていたが、その後、台湾で警察官として勤務。そこに母が岡山から嫁いだ。

む街にある警察の官舎にいたこと、戦争が始まると父は召集されて外地を転々と回っていたということ……。

幼心に覚えているのは、戦況が激しさを増してきた頃、サーチライトに照らされた飛行機に、毎晩近くの軍の建物の屋上から高射砲で応戦するも、一つも当たらなかったのを防空壕からのぞいていたことです。翌朝、子供たちがその高射砲の砲弾を探しては宝物として集めていると親から叱られていました。

警察官から軍隊に移った父は、長い軍刀を提げて時々帰って来る、厳しい煙たい存在でした。外地に行くようになると、そのうち顔も見せなくなりました。

何もはっきりとした資料がなく、妹の娘婿からいろいろと聞かれても断片的なとりとめのないことしか答えられませんでした。それでも今、この機会に台湾を訪れなければ、七十七歳の私にはもう二度と訪台のチャンスは巡ってこないように思いました。

「我が家族を助けてくれた、恩人のチンさんに会えたら、一言お礼を言いたい」

――。

父母が生前、そう何度も口にしていたことを思い出し、重い腰を上げて平成二十七（二〇一五）年四月二十六日に三泊四日の訪台を決行しました。

七十年ぶりの訪台

七十年ぶりの台湾への旅は、まさに驚きの連続でした。どこにどのような手を回したのか、妹の娘婿の友人で、台湾に住んでおられる馬場《ばば》克樹《まさき》さんが台北松山《タイペイソンシャン》空港まで迎えに来てくださいました。馬場さんは語学堪能、台湾の地理にも詳しく、現地に知人も多いということで、全日程同行してくださいました。また、台湾の郷土史研究家である湯茗富《とうめいふ》（タンミンフー）さんご夫妻が、車を準備して各所を案内してくださるとのこと。まるでＶＩＰにでもなったかのような行き届いた待遇で迎えていただき、驚きました。

私個人としては、思い付きで訪台を実行しただけでしたが、湯さんに「今回の訪台は新聞に載りますよ。何か付け加えてほしいことはありますか」と聞かれて二度驚きました。

「一民間人が懐かしい土地を訪れたというだけのことなのに、なぜ新聞に」と疑問に感じつつ、滞在中に取材を受けても記事になるのは先のことだろうと思っていましたが、後で小さく記事になっていたことを知らされました。

二日目には、高雄の旗山区役所の区長である黄伯雄《こうはくゆう》（ホアンポーシォン）さんと、区役所で一時間にわたりお話ができました。七十年も前のことなのに、我々の住んでいた街を探し出し、当時の地図や戸籍謄本まで準備しておいてくださり、持参した黄色く変色した写真と地図を照合することもできました。

高雄市にある旗山区役所の前で私（左）、妹のマスミ（右）。戦時中2人ともこの地で生まれ、70年ぶりの帰郷となった。

懐かしい街へ

当時住んでいたあたりを訪れると、木造二階建ての家が何軒も並んでいたはずのところにはビルが建ち、住んでいたところは薬局になっていました。しかし、向かいにある日本人が建てたとされる石造りのバロック調の建築物は、残っていました。

昼からは黄区長主催の歓迎昼食会で、何回も台湾式乾杯を繰り返す大変な歓迎を受け、その上、お土産までいただいてしまいました。恐縮すると共に、その心遣いには感激しました。黄区長は親日家で、人柄も穏やかな好感の持てる立派な方でした。忙しい公務のなか、私たちのために時間を割いていただきましたが、十分にお礼の言葉を伝えられなかったのが心残りでした。

用意してくださった当時の地図や戸籍謄本を見ているところ。黄伯雄区長には忙しいなか１時間にわたりお時間を割いていただいた。

恩人との〝再会〟

そして、私がこの旅で最も驚いたのが、ある方との再会です。

終戦当時、日本が戦争に負けると、一部の台湾の人たちが日本の警察関係者を襲撃する計画を立てているということを知りました。その情報を教えてくれたのが、台湾のチンホウシュウさんという方です。チンさんは自分の身の危険を顧《かえり》みず、トラックを持って来てくれて家財道具を積み込み、逃がしてくれたまさに命の恩人です。

何しろ七十年も前のことで記憶もはっきりとしておらず、名前や当時の住所といったわずかな情報だけが頼りでした。しかし、たくさんの関係者のご尽力によって、いろいろな資料からついに恩人を訪ねることができたのです。

旗山の街並み（上）。当時住んでいた警察官舎があった場所（下）。

御本人は既に亡くなっておられましたが、そのお孫さんとの面会を果たすことができました。お孫さんも当時の話を聞いておられ、つじつまも合っていました。

チンホウシュウさんは陳芳洲さんというお名前で、当時、消防署長をされていたようです。なぜ、私たち家族を助けてくれたのか分かりませんでしたが、お孫さんによると「大勢の人は助けられない。助けなければならない人を選んだまでだ」とおっしゃっていたそうです。

父は警察官時代、拷問等は一切せず「言いたくないことは言わなくてよい。その代わり嘘だけは絶対に言わないように」と、煙草等を勧めながら穏やかに取調べをしていたと聞いています。そのあたりの影響もあったのではないかと、お孫さんの話を聞きながら感じました。

そのお孫さんも、少し前までは町長をされていて、今はお弁当屋さんを手広く経営されています。

命の恩人、陳芳洲さんのお孫さん（左端）と対面。父母の念願を果たすことができた。

黄区長（左）をはじめとした多くの方々のご厚意によって、70年ぶりの帰郷は実り多きものになった。

我々が生存できているのは、いろいろな方の善意と協力のおかげであることを知り、全ての方に感謝・感激の旅でした。

一度でも父母を台湾に連れて行き、心優しき台湾の人々に会わせたり、すっかり発展した今の台湾の姿や、バナナ・ヤシ・マンゴーの林等を心ゆくまで見せてあげられなかったことが悔やまれます。

亡くなった父母の念願をきょうだいで果たすことができ、二人もきっと喜んでいると思います。帰国後、早速お墓参りに行き、詳細を報告しました。

第二部

台湾に嫁いだ母

母・河内美代子の一生

第二部は、生前、母の美代子が新聞広告の裏やメモ用紙に書き溜めていた、自身の人生の記録です。

戦後、台湾より父と母の実家のある、岡山県の吉川《よしかわ》という小さな山村に引き揚げました。引き揚げ船はとても大きいのですが、大勢の人が詰め込まれていたため全員雑魚寝《ざこね》で、手足も十分に伸ばせない状況でした。揺れも激しく、船酔いでほとんどの人がダウンしているなかで、母は比較的元気な人たちと一緒に介抱をして回っていたそうです。バケツにご飯や味噌汁を入れて、船内の急な階段を上り下りして運び、人々に分けていました。

そんなことをしているなか、人数が合わないと思って調べたところ、引揚者の何人かが海に飛び込んだことが分かりました。前途を悲観したのではないかとか、波が青畳に見えてそちらに移りたくなったのではないか等、いろいろな憶測が飛び交ったそうです。全員気持ちも落ち込んで、暗い雰囲気でした。

私はまだ幼かったので記憶も定かではありませんが、確か大竹あたりで下船して、岡山駅から歩いて山村の山奥の吉川にたどり着いたように思います。途中、父の実家の伯父が迎えに来てくれました。

父は戦犯としてフィリッピンにおり、母と二人の子供での寂しく厳しい引き揚げの旅でした。その後、父も解放されて帰って来て、小さいながらもバラックの家を建てて移り住むことができました。

台湾の家からは資産も預金も全て持ち帰ることができず、ほとんど裸一貫での出発でした。借金をしてささやかな雑貨店を開き、その後弟も生まれて家族五人、お互いに助け合いながら細々とした暮らしでした。

自分たちは食うや食わずで随分と苦労して、子供たちを育ててくれていたのは、小さいながらも私の記憶に残っています。今生きていればどんなことでもして恩返ししたいとの思いはありますが、とき既に遅く、その代わりとして母が広告の裏やメモ用紙に走り書きしていた手記をまとめました。

次項からの文章は、母が書いたものです。

小学生の頃の日常

上房郡《じょうぼうぐん》賀陽《かよう》町[1]吉川大字黒山《くろやま》の山深い緑に囲まれた、平和な三二乃至《ないし》三四軒の小部落の、人情豊かな裕福な家の多い部落に、屋号は横路川で父・西谷勘市《かんいち》、母・西谷昌江《まさえ》の次女として大正五（一九一六）年十月二十五日、元気にこの世に飛び出しました。

色の黒い元気な子で、育てたのではなく一人で育ったような子だと、母はいつも申しておりました。兄（政雄《まさお》）も姉（絹江《きぬえ》）も小弱で、体調や食事等何かと気

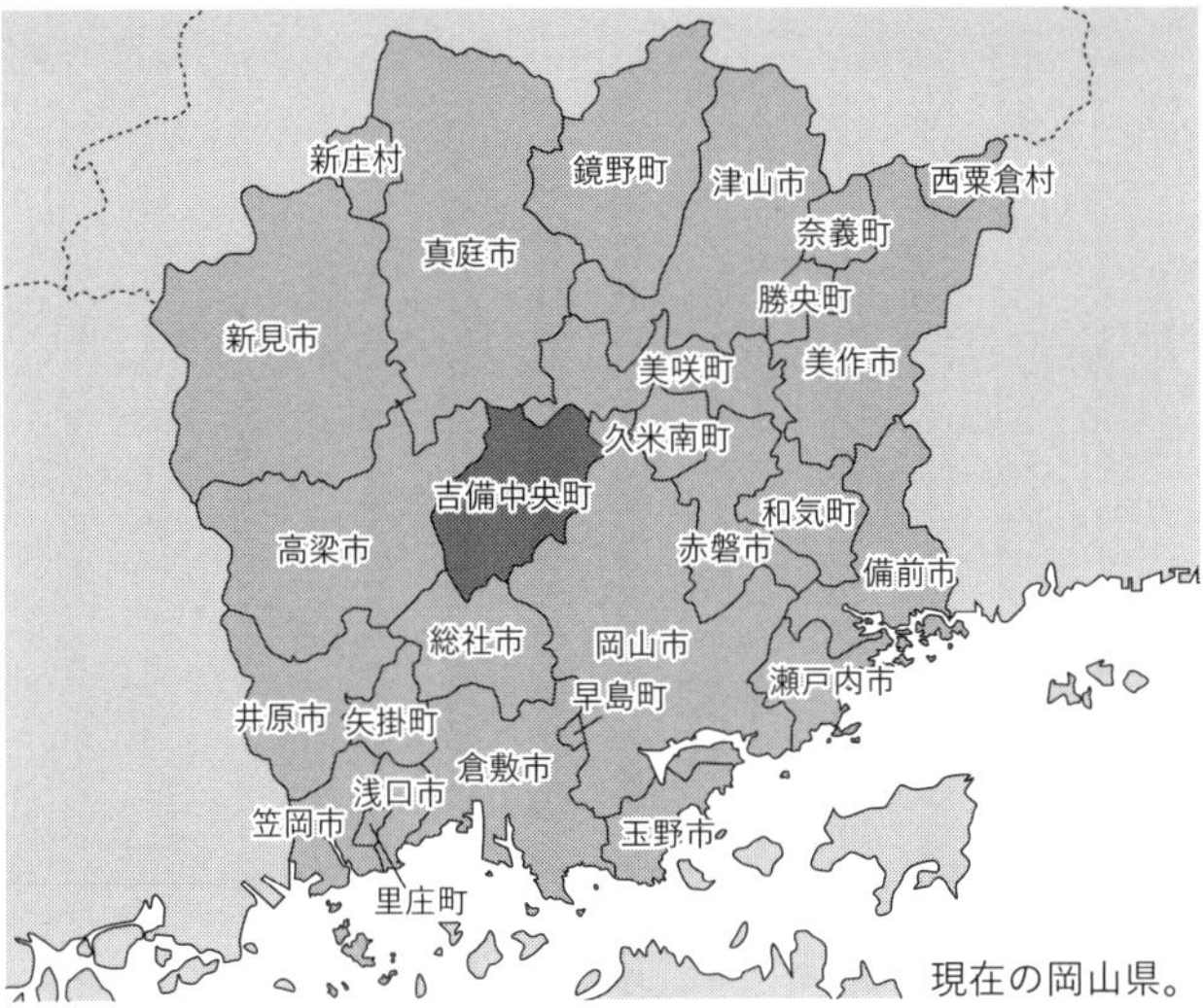

現在の岡山県。

を使っておりましたが、私は何がなくとも三杯のご飯を食べては「行ってきます」と元気に走って学校に行きました。

私が尋常小学校三年のときに弟の進が生まれ、その頃より母は足にリウマチ神経痛が出るようになり、毎日痛々しい姿でした。

農家だったため田畑に加えて二町[2]余りの山の手入れ、煙草も二反[3]ほど作り、祖父も父も年中仕事に追われてい

1　現在の加賀郡吉備中央町のあたり。
2　一町＝約一ヘクタール。

ました。学校から帰るとすぐに兄は農作業の手伝いをし、姉は女学校受験のため勉強に励み、私は幼い弟を連れて家事一切と母の世話で、とても忙しい毎日を送っていました。

私が五年生に上がると姉は高梁《たかはし》の順正高等女学校[4]に入学して寄宿舎に入ったので、女手は私一人になりました。朝早くから起こされて二升[5]分のご飯を炊き、家族皆の朝食と母の枕元には昼食も準備して、さらに大きな家の掃除も一応済ませてから鞄を摑み、一里[6]の道を急いで友達と学校に行きました。

そして六年生になると、担任の先生が女学校の受験を勧めるために、二度も家を訪ねて来られました。ところがその頃の我が家はいろいろな事情で大変な時期でもありました。夏休みに入ると、姉に付き添われて母が倉敷の電気治療院に入院することになったからです。

そんなある晩のこと、三歳の弟が夜になると泣いて寝ないので仕方なくおんぶして屋外に出ると、父が夜通し煙草を乾燥させるために火を焚いており、疲れているようでした。

「お父さん、進が寝ないので困るのよ」と言うと、「苦労をかけるなぁ」と一言返ってくるだけでした。

お父さんも夜通しの仕事で大変なのだと分かり、「夜食を作ってきてあげるよ」と言って、おにぎり五個と夕食の残り物、漬物等とお茶をいれて持って行きました。

すると「これはいい。目が覚める。元気が出るぞ」と、父はとても喜んでくれました。

3　一反＝約九九二平方メートル。一〇反＝一町。

4　岡山県上房郡高梁町大字伊賀町（現在の岡山県高梁市伊賀町）にあった私立の高等女学校。岡山県内で最初に設立された女学校とされている。

5　一升＝約一・八リットル。

6　一里＝約四キロメートル。

そのうち、私たちの話し声で目を覚ました祖父が出てきました。

「おじぃさん、お星さまがとても美しぃ。きれぃよ」と言うと、「美代子もご苦労さんだな。お母さんの代わりに十代の子供がいとおしいことじゃ。勘市、わしが火焚きを代わるから休め」と言いました。

父は「いや、今夜が峠で温度の調節が大変だからもう少し続ける。心配いらんよ」と答えました。

「やっぱりわしでは何の役にも立たんかのぉ。疲れんように少しでも休めよ」と言いながら祖父は屋内に入って行きました。

私が「お父さん、お母さんは少しでも良くなっているんじゃろうか」と聞いてみると、「それが絹江の手紙によると、少しも良くなっていないらしいんじゃ」という答えが返ってきたので、私はつい大きな溜め息をつきました。

すると、父は無言で割木をくど[7]に放り込みました。父も悲しいのだろう。そう思って、赤々と燃える火に照らされる父の横顔に目をやると、すっかりやつれて見えました。

そして父は「煙草作りは皆が夜通しやっていること、心配しなくともよいから」とぽつりと言いました。

皆がこんなに頑張っているのに母の病気が快方に向かわないのが悔しくて、悲しみが込み上げてきます。やっと寝始めた幼い進をゆすりあげながら、もう少し父の傍にいてあげようと思い、無数に輝く星を眺めました。

「私も頑張らなくては、この家はやっていかれないのだ」

母の代わりをしなくてはと、そのとき覚悟が決まったような気がしました。

母とのこと

父は訪ねて来られた先生に、現在の我が家の状況では美代子（私）を学校に出

7　かまどのこと。

すわけにはいかないと必死の思いで先生に謝り、その目には涙が溢れていました。

米、煙草、裏作の麦、山に生えた松茸で忙しい思いをしながら生計を立て、一家を支えてくれている父の苦労をよく理解をしている一方で、母さえ元気になれば姉と同じように上の学校に行けるものをと残念に思い、親孝行を取るか、学校を取るかと随分悩みました。

その母も治る見込みが立たずにやがて病院から帰って来ました。母の足を揉みながら、「誰と誰が女学校に入ったのよ。いいこと、うらやましい」と、つい愚痴を言ってしまいました。

私があまりにも繰り返し言うものだから、ある日、母から「そんなに女学校に行きたいのならば、表の風呂の下にある大きな縁壺《えんつぼ》[8]に裏から這ってでも行って入るから。私が死ねばあなたの思うようにできるから、そうしなさい」と決心したような顔で、はっきりと言い渡されました。

私はとても驚きました。

「お母さんごめんなさい。二度と言わないから、そんなことはしないで。死なないで」と私は畳に頭をすりつけて、両手をついて何度も謝りました。でも母は泣きながら首を振り、なかなか許してはくれません。

「どうしよう……」

誰も頼める人がいないので夕食の支度もしなければならず、困り果てて私もとうとう泣き出してしまいました。

しばらくして母は思い直したのか、涙を拭くと「西の畑に大根があるから、今日は鯖も買ってあるのでおいしく煮ておくれ」と言い、私も気を取り直して「ハイ」と立ち上がり、台所に行きました。

どうしようもないと分かっていても、甘えからつい愚痴を繰り返してしまった

8　当時、その地域の農家で見られた、風呂で使った水を一時的に溜めておく、大きな壺のことと思われる。溜めた水を農作業等で再利用していたという。

ことを反省しても既に遅く、その夜はよく眠れませんでした。

翌朝、母の朝食を枕元に運び、火鉢にやかんをかけ、昼食の準備もすると、母に「昨日はごめんなさい。これから学校に行ってくるけど変わったことのないようにここにこうしていてください」と告げて登校しました。

結局「許す」との言葉はもらえず、その日は授業の内容が何も頭には入りませんでした。先生から「今日の西谷はどうしたのか？　どこか痛いのか？」と、何度も聞かれても、母のことを説明できず、「何でもありません」と答えるのがやっとの状態でした。「それでは次を読みなさい」と先生から言われ、生来の勝ち気が出て「ハイ」といつものように読本《とくほん》を読みました。

平気なふりをしたつもりでしたが、やはり平常心ではなかったようでした。帰りを急ぎ、三キロほど帰ったところの田畑で祖父と父が田の縁に腰を下ろして待っていました。

「美代子の帰りを今か今かと待っていたんじゃや。煙草を買ってきてくれたかのぉ」と祖父に聞かれて、「あっ、忘れていた。ここに鞄を置いてすぐに買ってくるから」と、また三キロの道を走りに走りました。

今朝家を出るとき、お金を預かり煙草を頼まれていたのに、顔を合わせるまで全然記憶になくなっていました。息を切らせて買ってくると「すまんのぉ。煙草が切れて二人とも仕事にならなかったんじゃ。これでもう一仕事できる」と父が言います。

「美代子らしくないことじゃ。今まで一度も忘れたことがないのにのぉ」と祖父も言っていましたが、私は母のことが心配で心配で、落ち着いて話もできず、「晩のご飯、ご馳走を作っておくから早くお帰りよ」と言い、何も知らない祖父は「楽しみに帰るからのぉ」と笑っていました。

家に着くと、まず先に縁壺の中を、歯を食いしばりながら大きな蓋をそっと押して、恐る恐るのぞいてみました。母は浮かんでいない。うれしい。やれやれと思い、庭の入り口に回ると「ただいま帰りました」と大きな声を出すことができました。

奥のほうから「お帰り。えらかったのぉ」と、やさしく母が答えてくれました。

急いで家に上がると「お母さんが壺に入らなくてよかった。一日中、学校で胸がドキドキしていた。もう頼むからいろいろと心配するようなことは言わないで」と、自分に原因があったことは棚に上げて、重ねてお願いをしました。

母は「私が変死したら家名を汚《けが》し、親族や可愛い子供の縁談にも障る。孫子の代まで笑われるような勝手な振る舞いは決してしないから」と許してくれました。私はとたんにうれしくなって「今日リレーをしたら二人抜いて、赤が一番になった。唱歌の時間に一人で歌ったら、上手だと皆が拍手してくれた」と、得々と学校の報告をしてしまいました。

そのうちに、だんだんと母の顔が寂しそうになり、「しまった」と後悔しながら、足を揉むのを止めて「さあこれから何の料理をしようかな」と台所に逃げました。

野菜を切っていると母が這い這いをしながら出て来て、くどの前に両足を立てて座り「手ぬぐいを姉さんかぶりに着せてよ」と言い、「久しぶりだが、母さんはここの女将《おかみ》なのだから」と威張ったので、二人で大笑いしました。

憧れのワンピース

信用組合に紺色のサージ[9]の角襟《かくえり》のワンピースが掛かっており、通学の女生徒たちがそっと毎日のぞきに行っていました。私も興味があり、見に行っては「売れたかな」「まだあったよ。誰が買うのかな」と、友達同士で話題にしていました。欲しくても誰も手が出なくて、ただ眺めるだけでした。

9　洋服に使われる布地の織物の種類。表面が滑らかに加工されており、学生服等に使われる。

ある日、祖父が突然「美代子は家のことをよくやってくれている。何か欲しいものがあれば、へそくりで買ってあげようかなぁ」と、気まぐれに言い出しました。

私はすかさず「そりゃあるけど、無理だから……信用に一枚だけ服が出ているけれど、五円五〇銭で米一俵と同じお金だから、とてもとても。欲しいけど、ただ話しただけ」と言うと、祖父は鰐革《わにがわ》をクルクル巻いた財布から十円金貨をチンと音を立てながら一枚取り出して、「これで明日信用に行って買ってこい」と私の手の上にのせてくれました。

初めて見る大きな金貨に驚いていると、「まだあるぞ」と七、八枚の金貨を見せてくれました。「これだけあれば、服が何枚も買える」と言うと、「阿呆、服ばかり買ってどうする」と笑い、「もし生きていれば嫁に行くときなぁ、全部あげるけど当てにはするな」とまた笑いました。

姉が女学校から帰省するとき、制服に革の靴を履いた姿がかっこよく見えたので、一度でいいから私も着てみたいと憧れていたのです。

翌日わくわくしながら信用に行くと、「着てみなさい」と言われて試着してみました。丈は少し長いけど身体にもちょうど合う。これならあと二、三年は着られるかなと思うとうれしくなり、一里の道を四十分くらいで急いで帰りました。

「おじいさん、ありがとう。五〇銭まけてくれて、ほら五円のお釣り」と渡すと祖父も満足そうな顔です。「信用でも十円金貨は見たことのない人が大勢いたよ」と言うと、「今どき十円金貨は大金じゃでのぉ」と祖父も笑っていました。

母に服を見せると「おじいさん、たいそうなものを買ってくださって、有り難う御座います」と丁寧にお礼を言っていました。

母もこの家では嫁なので、よく心掛けて一つひとつお礼を言っているのだな、と子供心に感心しました。

お祭りには是非着ていこうと、とてもうれしかったです。

高等科に進学して

六年制を卒業して高等科[10]の一年に進みました。

小学校三年までは、一等賞を取っていつも「西谷美代子」と呼ばれていたのに、母が床に伏してからはいつも二等になり、卒業のときもそうでした。

複式学級で、上のクラスと同じ教室で勉強が始まりました。

五月の終わり頃、御津《みつ》郡のある山の頂上に、とてもご利益《りやく》のある神様がおられて願いごとが何でも叶うとの話を聞きつけました。

母が元気になって、家事ができるようになれば、師範学校の試験を受けさせてもらえるかもしれないと考えて、頂上まで往復七里の距離を、弁当を持って父にお小遣いをもらって、炎天下のなか歩いて毎週日曜日にお参りをしました。父もそれで気が済むのならと思っていたのかもしれません。

いよいよ今日は結願《けちがん》の日にあたる五度目の日曜日。最後なので母のネル[11]の肌着に、モス[12]の袖のついた襦袢《じゅばん》を風呂敷に包み、一生懸命に祈って参りました。

線香の煙を三回肌着で包み、灰を三回つまんで半紙に大事に包み、「母の痛いところに塗ってあげよう、これでよし」と、若草萌える草だらけの道を下っていると、腕のところから煙が噴き出してきました。

「あっ」と思わず投げ出すと、折からの風で一気に燃え上がりました。必死で踏み消したものの、地の厚い襟の部分が残るだけでした。さらによく消して、袋に襟だけを入れ直し、母に何と申し訳をしたらよいかと、頭の中はそれで一杯でした。

「ただいま」と家に着くと、奥のほうで「遠いところを暑かっただろう。ご苦労

10　小学校高等科のこと。二年制と三年制からなり、女子のみ一年制と二年制だった。

11　少し毛羽立たせた柔らかい毛織物。フランネルの略。

12　木綿や羊毛などで織られた薄手の織物。モスリンの略。

さん。待っていたので早く襦袢を着せておくれ」と母の声がすると、博多の帯をくるくるとほどき始めました。

「お母さんごめんなさい。この通り」と袋の中の襟だけになった襦袢を引っ張り出して、本当のことをこまごまと全て話しました。

じっと聞いていた母は「よく分かりました。もうこの世では全快しない。焼かなければ治らないとの神様のお教えだから」と泣き伏しました。私も一緒に声をあげて泣きました。

「でも事実は仕方がない。美代子の親孝行は死んでも忘れない。一生守ってあげるからなぁ」と、母が涙声で言ってくれましたが、私も反省しました。

本当は、母が元気になれば上の学校に行くことができると自分の欲からの参拝だったので、つらい気持ちになりました。

私の運命は親の面倒を見るようになっているのに、それから逃げようとした自分勝手な考えを深く戒《いまし》められたのだ――。十二歳の私は悲しみから涙をなかなか止めることができませんでした。

もう進学は考えずに親孝行をしよう。それが私に与えられた使命なのだからと自分によく言ってきかせて、やっと涙が止まりました。

寒風吹きすさぶ二月。母から教えてもらいながら私が縫った綿入れの半纏《はんてん》を着て、小雪のちらつくなかで頬かむりをして牛を追って田を耕す父を、学校の帰りに見かけました。

「お父さん、今日は寒いからおしまいにして帰ろうよ」と言うと、「あと少しで終わるから。今日は村の寄り合いがあるので、早めに風呂を沸かしておいておくれ」と言われ、一目散に走って帰りました。母に「今日は足を揉むのは後で」と断って、すぐに風呂と食事の支度にかかりました。

今考えると私もよく働いたと思いますが、農家で稲作が中心の山の仕事は、毎日毎日休むことができません。身体を動かし続けながら子供たちに何不自由なく生活させてくれた父、いつも牛を追って田の中にいた父が目に浮かび、感謝の気持ちで一杯になります。

牛もお腹を空かせて帰ってくるので、米の研ぎ汁に米糠《こめぬか》を入れてお湯と混ぜたものを大きな桶一杯に入れて、「クロ、よしよし。よく働いたなぁ」と言いながら、搗栗《かちぐり》等もおまけに入れて与えると、うれしそうに目を細めて食べ、牛にも気持ちが通じることを知りました。

娘時代

小学校高等科を卒業して、補習科[13]の二年が終わる頃、姉も順正高等女学校を卒業する時期が近づいていました。今度こそ家のことは姉に代わってもらえる。高梁にある今の日新女学校に無試験で入学させてあげられるので、是非来るようにと恩師の田中先生が何度も勧めてくださっていたし、岡山の片山女子高等技芸学校等いろいろと学校案内を取り寄せて見ていたので、もしも行けるならどこにしようかと、期待に胸を膨らませていました。

けれども、姉は全国で初めて大阪にできた邦文と英文のタイピストを養成する女学校へ入学したいという意思が強く、聞き入れてくれませんでした。私は諦めて専攻科に入り、主に和裁や手芸、作法で我慢をさせられましたが、それはそれで楽しい一時でした。おかげで和裁はすっかり一通りのことを身に付けることができました。

卒業する頃、高梁の奥万田《おくまんだ》の献穀斎田《けんこくさいでん》で、献上のお米を作る早乙女《さおとめ》と田士《たし》を一人ずつ選ぶという話がありました。農家の子女で十八歳以上、二十歳未満等のいろいろな条件がありましたが、光栄なことに早乙女に選ばれて、一年間奉仕に通いました。

専攻科卒業後、私は吉川の農協に勤めることになりました。ちょうど正月に兄嫁が来てくれて何かと母の世話をしてくれるようになり、安心して過ごせるよう

13　小学校高等科を修業した十二歳以上の子が進学するところ。

になりました。月給は一五円ほどでしたが生活は家でするし、たまには小遣いももらえるので、母に一日に牛乳一本と卵を一個食べさせてあげることもできるようになりました。母は「卵の栄養はとても有り難い。起き上がるときに身体がとても軽い」と喜んでくれました。

勤め先の農協では、毎日村中の話題が聞けて、楽しく過ごしていたそんなある日、突然、河内登《かわうちのぼる》さんが訪ねて来て、「ちょっと倉庫まで来てください」と言われ、「何でしょうか？」と怪しみながらついて行くと、「これを読んでください」と一通の手紙を差し出されました。

それは台湾で巡査をしている弟の極《きわむ》さんからの手紙で、「美代子さんを欲しい」という求婚の内容でした。「僕は美代子さんを一生の伴侶にしたい。結婚したい。是非家族の方にも承知してもらいたい」等と書いてありました。

河内極は私の兄の同級生で、四級上の人でした。高松《たかまつ》の農業学校を卒業後、フィリッピンの商事会社に勤務。二十四歳で帰国し、徴兵検査で甲種合格。一年間幹部候補生となり、除隊後は台湾の巡査を拝命して渡台していたので少しは知っていました。

「私のような田舎者でもよいのでしょうか？」と聞くと、すぐに返事が来て、「どうしても来てほしい。一生苦労はかけないつもりだから。これは誓うから」と、温かい便りを何回もいただきました。

「私のような田舎者を必要としてくださることは有り難い」――。世間知らずの私は、考えた末に台湾に行くことを承知しました。

先方は一月の渡台を希望されていましたが、祖父が老衰のため突然床に就き、「あと二カ月の命」と聞かされていたので、三月以降でないと台湾には行けないとお願いしました。

そんな状況にあった昭和十二（一九三七）年二月十日、その日は結納当日でしたが、農協を休むこともできず出勤しました。午後、祖父の逝去の知らせが入り、すぐにでも帰りたかったのですが人手もなく、夕方まで働いて走って帰りました。

おじいさんの安らかな顔に「長い間お世話になりました。末期のお水を差し上げます」と、涙ながらに語りかけていたところ、父が傍に来て「床の間に行ってごらん。葬儀の準備もあるので見たらすぐに片付けないと」と言いました。のぞいてみると、立派な結納の松、竹、梅が。拝見しながら、これでいよいよこの家ともお別れだとしみじみと感じたものです。

夫不在の嫁入り

祖父の三十三日の法要に合わせて親族の方々との別れの挨拶、近所への挨拶回りも済ませ、三月一日、主人が留守の河内田《かわうちだ》（地名）の家に嫁ぐ日が訪れました。

嫁ぐ日、家族の者に「長い間お世話になり、育てていただいて誠に有り難う御座いました。いよいよ縁あって台湾に参ります。十年間は帰りません。覚悟を決

花嫁衣裳を身に着けた母・美代子。夫不在時の嫁入りだったため、一人で写っている写真しか残されていない。

めて行きます。十年後には故郷に錦を飾る日を待っていてください」と、両手をついて挨拶をしました。

母は「上手なことは言えないけれども、親を泣かせるようなことだけは絶対にしないように。これが精一杯の贈る言葉だ」と泣き崩れておりました。今生《こんじょう》の別れを意識したのかもしれません。

「有り難う御座います。子にも孫にも伝え、私の座右の銘とします」と言いながら、十年余りも病床にある母なので、これが本当の別れになるかもしれないと感じていました。

でも小学校の三年生から、二十二歳[14]の今日まで一生懸命に尽くしてきたのだから、神様も許してくださるでしょうと、勝手な理由をつけてお別れしました。

14　数え年としての年齢。満年齢は二十歳で二十一歳になる年。

主人の実家の河内田に着くと、主人の父が写真を前に置いて「極よ、望み通り嫁をもらったぞ。大事にせえよ」と言って、二人で三三九度の盃を交わしました。

翌日、近所への挨拶を済ませ、三月九日にタクシーで足守《あしもり》[15]まで義母と義兄（登）、本家の実雄《じつお》兄に送られ、黒山には父が見送りに来てくれました。父は帰宅後、大きな石柱にもたれて長い間号泣していたと後で知らされ、父の愛情の深さに勿体なく感じました。

台湾・高雄へ

昭和十二（一九三七）年三月十日、神戸港から三泊四日の船旅で基隆《きりゅう》（チーロン）に上陸して吉川より台北におられる方の出迎えをいただき、一泊お世話になって翌朝、台北より高雄に向かいました。

15　現在の岡山市北区の西部。

日本統治時代の台湾の行政区分。

現在の南台湾の地図。

高雄の駅では、主人の極が出迎えてくれました。どんな方が出迎えに見えられるのかも聞かされていなかったため、旅館で一休みの間に恥ずかしくないようにと、日本を出るとき、母の意見であつらえた母好みの薄いピンクの地色に藤の房の柄の訪問着に着替えてから、小さな汽車に乗り、旗山駅に着きました。

十五分くらい歩いたでしょうか。小路を入ったところでガラリと戸板を開けると「君、入り給え。僕たちの家だよ」と言います。土間に立ってみると、六畳と四畳の二間だけ。入り口には小さな台所があり、障子はボロボロ、部屋には腰掛けと机、なぜか籐《とう》で編んだ腰掛けがもう一つありました。裏の縁側にはビールの空き瓶とコップが六個。

「夕べ遅くに独身寮から移ってきたばかりで何もないよ」と平然と言います。私は驚いてしまい、言葉も出ませんでした。

家庭を持つということは、世帯道具も少しは調《ととの》えているものと思っていたので唖然としてしまいました。一緒に日本からついて来てくれた義兄も、これには全

結婚した頃と思われる写真。

結婚した頃の父・極。写真の裏には「昭和十二年元日」と記載がある。

く呆れて一言も発しません。私が日本から送った荷物はまだ着いていないので、大きな革のトランクから服を取り出し、とりあえず着替えたものの、掃除の道具もなく、何をどうすればよいものか……。

日も落ちて来て、夕食は仕出しから取り寄せたものの、何もないのでお茶一つ沸かすこともできません。翌日の朝食も仕出しから取り寄せ、食事が終わると主人は「僕は役所に行くので。チャボランという人が来るので、気に入ったものを十分に買いなさい」と言うが早いか、お金も置かずにさっさと出かけてしまいました。

この様子に義兄も呆れてしまい「弟の極がこれほどとは思わなかった。日本の御両親にも申し訳が立たない。将来の見込みも立たないので、どれだけ苦労をかけるかも分からず、来てはみたもののこれでは仕方がない。明日の船で一緒に内地に帰ろう」と、男泣きに泣きました。

「有り難う御座います。けれども主人に女の人がいて、妻の座がないのなら帰りますが……」

嫁に来るときに、父が「台湾に行っても住むところがあるのやら、ないのやら。どんな生活ができるのやら自分がついて行けないだけに心配だ。もし希望が持てないようならば、二〇〇円持たせるのでこれを路銀《ろぎん》16としてすぐにでも帰って来い。これは極さんに見せる金ではないぞ。大事な娘が行くというから、見ず知らずの台湾のほうまで嫁にやるのだから。帰って来ても二度と敷居を跨《また》ぐなとは決して言わないから」と、米一升五円五〇銭の時代に、二〇〇円という大金を持たせてくれていたのです。

「農協に勤めていたときの郵便貯金も少しはありますので、必要なものから揃えていきます」

黒山を出るとき、近所の人々に見送られて来た私です。こんなことくらいは辛抱しなければと、義理の兄と内地の父母に心配をかけたくない一心で、一生懸命

16　旅費のこと。

に自分の不安を隠しながら申しました。

やがてチャボランが来てくれて、買った、買った。米、炭、鍋、茶碗、皿、火鉢……いろいろなものを何回も往復しながら大分揃えたので、昼食にはご飯を炊いて、お汁もできました。

「お兄さん、食事にしましょう」と声をかけてから、「あら、しゃもじを忘れた」と大笑い。雑貨屋さんに走り、どうにか夕食まではいろいろと揃ってきました。たらい、物干し竿等も買いましたが、戸棚や飯台、その他を考えると限りがありません。

「美代ちゃんにこんな勇気があるとは思わなかった。大したものだ。おてんば娘もこんなときには役に立つなぁ」と義兄も安心して笑い出しました。

翌日、部長夫人に案内していただいて、警察官舎を四〇軒ばかり挨拶に回りました。義兄は「三つ子を野原に放した気持ちで不安は残るが、まあ帰るか」と、日本に帰国しました。

一週間後、父からの便りに「とても立派な官舎で世帯道具も一揃いあって、何不自由ない暮らしだと聞き安心しました」と書いてありました。義兄が心配をかけないように話してくれたことと思い、感謝したのを覚えています。

熱帯地の料理はクラゲ、ウニ等、見たこともない食材が市場に溢れており、南方の食事に慣れた主人の口に合う料理を作るのはなかなか大変でした。近所の奥様と一緒に市場に行っては、買い物から料理の仕方まで教わりました。

田舎者の私には何もかもが一苦労でした。

二カ月後には、今度こそ山の手の静かで立派な官舎に移り住むことができました。少しずつ生活に慣れてくるに従い、遊んでいるのも勿体ないと思うようになり、呉服の仕立物を始めました。

年中暑い台湾では和服をあまり着ませんが、芸者は和服を着ることが多く、お座敷用の特別な着物なので、仕立て代も高くいただけてとても助かりました。

最初の赤紙

少しずつ生活も軌道に乗り始めた七月七日に支那事変[17]が勃発し、警察の若い人たちが毎月のように召集されていました。主人もいつ召集されるのか、今日は大丈夫だろうか、と案じていた矢先の十二月十二日に赤紙[18]が届きました。

近所の人たちが駆けつけてくださり、口々に「おめでとう御座います。軍国の妻ですわ」と祝ってくださいましたが、妊娠三カ月の私を思ってくださる方は、目に一杯涙を溜めて慰めてくださいました。

身内が一人もいない台湾で、不安が一杯でした。

主人は出征の前日、「生まれてくる子が男なら『河内洋輔』、女なら『河内敬子』と命名せよ」と画仙紙《がせんし》に達筆な字で二枚書き、床の間に並べて貼りました。

「もしかしたらこれが絶筆になるのではないか」と主人が小さな声で言いまし

出征の時に撮影されたと思われる一枚。中央で襷をかけているうち、左が父。

た。

「そんなことは言わないで。たとえ手足のないダルマさんになっても生きて帰って来てほしい」というのが私の必死の願いでした。

十二月十五日。汽車に乗車する前に、旗山の郡長さんがカワラケに水を注ぎ、主人が一口飲み、私が一口飲んだ後、主人に返すとすぐにレールに投げつけました。半分は微塵に壊れ、半分はきれいに残りました。

二人でそれを見て目を合わせると、深く頷《うなず》きました。

17　盧溝橋事件が発端となった日本軍と中国軍の衝突。後に大東亜戦争と名付けられ、戦後は、日中戦争と呼ばれた。
18　召集令状のこと。赤い紙に印刷されていたためこのように呼ばれた。

覚悟して頷いた私の姿を見た多くの婦人会の見送りの方々が、二十二歳[19]でお腹に赤ちゃんがいるのに可哀相にと、皆ハンカチで目を覆い、あちこちで啜《すす》り泣く声も聞こえました。

でも私は泣くことはありませんでした。大衆が私を見つめている。ここで泣いたら非国民と笑われる。召集令状を受けてから二、三日はよく泣いて覚悟もできている。そう思いながらぐっと歯を喰いしばって我慢しました。

汽車は日の丸と歓声に送られてゆっくりと遠ざかり、主人は台南の連隊[20]に入隊しました。

帰宅後、一人座敷に座り、床の間の子供の命名の筆跡を懐かしく見入りながら、何年こうして待てばよいのだろうか。元気で復員してくれるといいけれども……と、何しろ戦場に行くのだから心配は募るばかりでした。

しかし、「いやいや、私一人ではない。大勢の方がこの思いをしている。前向きになって笑顔で毎日を過ごしていこう。勝つためだ。非国民と笑われないよう

写真左端に「昭和十三年一月元旦台南中嶋公園於」と記載がある。

にどんな辛抱もしなければ。軍国の妻だもの」と、一人自分を納得させました。

その後も呉服の仕立てを毎日続けました。主人は初年兵の訓練や教育のために連隊に残ったので、何回か面会にも行きました。

昭和十三（一九三八）年の四月三日、無事男の子を出産し、早速「洋輔」と命名しました。

出産から五十日くらいのとき、もしもこのまま主人が戦地に出たら一度も子供と対面することができないかもしれないと考えて、面会に連れて行きました。

汽車に乗ると陸海軍の兵隊が一杯で、赤ちゃんを連れていると分かると、一人

19　満年齢。
20　明治四十年十一月七日に創設された台湾歩兵第二連隊のことと思われる。

また一人というように「抱かせてください」「内地にこんな子供を残して出征しているのですか。可愛いなぁ」と涙ぐんでは、次々と抱いてくださり、下車のときには、「ほら荷物。赤ちゃんはこちら」と、手伝ってくださり、とても楽な旅でした。

尽きない心配

その後、ある日突然に主人が帰宅してきました。

「一泊の許可が出た。よく分からないが北支方面に行くらしい。万一のことがあればすぐに内地に帰りなさい。台湾での子供連れの生活は無理だから」と、記念の写真を写して、翌日、何度も何度も洋輔を抱いて頬ずりをして、名残を惜しみながら台南に戻って行きました。

毎日のようにラジオで全戦全勝の放送を聞いていた頃、主人がいる「長友隊」

父が台南に戻る前に撮影したと思われる親子３人の記念写真。

の全滅を報じる新聞記事を目にしました。心配は尽きません。その夜の九時頃、二人の靴音がして「今晩は」と言われると、何を言われても取り乱すまいと姿勢を正し、覚悟して玄関を開けました。

てっきり「戦死の広報」と思い込んでいたのですが、そのうちの一人が「紀元二六〇〇年の伊勢神宮よりお光をお持ちいたしました。神棚にお移しください。武運長久《ぶうんちょうきゅう》[21]をお祈りいたしましょう」と言いました。神棚からローソク立てを持って来て御神火《ごじんか》をいただき、「嗚呼、主人の戦死ではなかった……広報ではなかった。有り難う御座います。是非生きていてほしい」とお祈りしました。安堵したあまり、何度も立とうとしても立ち上がれず畳に座り込み、腰が抜けた状態で

21　戦場での命運が長く続くことを願うこと。兵の無事を願うこと。

した。

洋輔の泣き声にはっとして、「ごめん、ごめん」とやっと我に返り、這いながら抱っこする力しかありませんでした。

二度目の赤紙

子供を頼りに主人を案じて暮らしていた昭和十五（一九四〇）年五月、端午の節句の飾り付けをしていると、何の知らせもなく突然主人が復員して来ました。夢ではないかと驚き、よくぞご無事でと言葉も出ませんでした。

翌日からは刑事として旗山の警察署に勤め、昭和十六年九月二十七日に長女のマスミが生まれました。大東亜戦争が始まりながらも平和に暮らすうち、部長試験にも合格。台北の講習も終わり、刑事部長として高雄署に転勤になり、海岸近くの住みよい官舎に移りながら二度目の召集が来なければ、と勝手なことを願っていると、昭和十八年の四月に再び召集の赤紙をいただきました。

二人の子供を交互に抱き上げながら別れを惜しみつつ、歓声に送られてまた台南の連隊に入隊しました。

二度も召集を受け、大戦争では今度こそ何があるか分からない。今後の生活を考えて、家にいながらできる何かいい仕事はないかと考えてみました。洋裁の時代が来るだろうと思っていたところ、タイミング良く洋裁学校が始まることを知り、二人の子供を保育所に預けて通うことにしました。

バスト、ヒップ、ウエスト……等、むつかしい洋裁の製図に苦労しながら、浴衣をほどいてはワンピースに仕立て、セル[22]をほどいて紳士服に仕立てたりしました。空襲警報の出るなかでしたが、楽しみながら一生懸命に勉強しました。やがて、師範科を終えて卒業できたときのうれしさは格別でした。

早速、職業安定所から紹介された仕事を始めた頃、南方より主人の便りがあ

22　和服用の毛織物のこと。

り、フィリッピンに行っていることが分かりました。

昭和十九年から二十年の初めにもなると、戦雲急を告げる感じが何となく私たちにも感じとれるようになってきました。

ある日の午後、警報と同時に空襲があり、遊んでいた洋輔を家の表に掘ってあった防空壕に入れ、マスミを裏の防空壕に投げ入れてその上に覆いかぶさったと同時に大爆発。「爆弾の雨で死ねば、母も一緒よ」と心で叫び、数十分後、静かになったのでそっと戸を開けて見ると、屋根瓦は全部落ちて家財道具一式が爆風で飛び散り、台所用品も残っていませんでした。

子供二人の無事を確認すると、あとは何をする気もなく、暫《しば》し呆然としていました。気を取り直して少し前に別れた隣の家族の方々に声をかけてみたものの、返事はなく、表に出てみても誰もいません。

見渡すと、四〇戸ばかりの官舎がほとんど全滅していました。

鍋、やかん等、表の道路に転がっている物を拾い集めて、防空壕の中の非常食料で何とか夜の食事ができる見通しが立つと、今度は近所の友人知人が気になってきました。

塀の外に出て歩いてみると、松の木の枝に死体が掛かり、門柱には手足がと、見るも無残な姿。明日は我が身と思いながら、手の届くところは降ろして道路に並べ、合掌していると、日赤のトラックが死体を高雄の山に運んで行くのだと収集に来ました。

爆風は強かったものの幸い火は出ず、火災類焼はなかったので雨露さえ凌《しの》げればと、防空壕に板を立てかけていました。被爆した台湾人が泣き叫びながら病院に駆けつける姿、誰かを捜している遠くの声、まるで戦場そのものでした。

二日後、警察署の計らいで二つの家族が奥地にある内埔郷《ないほきょう》（ネイプー）の派出所にお世話になることになりました。旗山に一泊し、翌日随分と遠くまで歩いて夕方やっと着きました。

ここなら米軍の火炎放射器でも大丈夫だからと言われ、空襲もなく安心して過ごさせていただきました。

終戦

昭和二十（一九四五）年八月十五日、近所の台湾人が「日本人は四つ足の動物だ」と大きい声で騒いでいました。「勝つと言っておきながら戦争に負けた。我々を騙した、嘘つき」と暴れている人もいました。

ラジオもない私はどうなっているのかと気になるものの情報を摑めず、イライラしていました。すると、駐在所の巡査の方が、「奥さん来るべきときが来ました。十二時に天皇陛下の勅旨があり、日本は敗戦したとのことです。その知らせを聞き、国民は皆泣いております。進駐軍として来るのがアメリカ軍か中国軍か分かりませんが、外出はしないように。万一の場合は、そこの防空壕に入ってください。手榴弾で殺してあげますから」と言いました。

親切心で言ってくれたのでしょうが「私は軍人の妻ですから、子供と一緒に自害をいたします。でも武器がないのです」と言うと、引き返して青竜刀《せいりゅうとう》[23]を一振り持って来てくださいました。

「これなら大丈夫です。いろいろとお世話になりまして、有り難う御座いました。どうぞご無事で、奥様によろしく申し上げてください」

最後の別れを意識して、不安な数時間を過ごしていると、戦地から妻子を恋する手紙が大量に届きました。恐らく数日、数カ月前に出したものでしょう。大和魂を誇る日本軍人にもこんな女々しい感情があったのかと敵国に笑われる、恥だからと、一枚読んでは燃やしていたところ、隣のご主人が走って来られて「奥さん、最悪の場合を考えて、六連発の拳銃を持って来ました。もし万一の場合は、二〇発の弾も用意してありますので、僕の子供を先に、お宅の子供を次に、その後僕の妻を、最後に奥さんが自害してください」と涙を流し、必死の表情で話さ

23　なぎなたの形に似た中国の刀のこと。

れました。

「はい、よく分かりました。最悪の場合ですよね」と答えると、走って帰りかけたものの一〇〇メートルくらい行ったところで戻って来て、私の手をしっかりと握り、「奥さん、早まってはいけません。本当に最悪の場合です」と念を押されました。

「はい、最悪のとき……」と、私も涙ながらに頷くのが精一杯でした。

子供たちを風呂に入れて、夕食には特別なご馳走を作ると、さてなんと説明してよいやら、胸が一杯で言葉になりません。

暫くして「お母さん、なぜ食べないの？」と洋輔が尋ねる。

「お父さんは元気かなぁと思っていたのでね」と答える。

一応戦争は終わったものの、負けたのではこれから先どうなるのか分かりません。外国の人たちが上陸してくると、どんなひどい目に遭うかもしれず、「いっそ今のうちにお母さんと一緒に死んで天国に行こうね」と言うと、洋輔はすかさ

引き揚げ当時の頃に撮影されたと思われる写真。左から母、妹（マスミ）、私（筆者）。

ず「痛くないように殺してよ」とさりげなく言いました。

マスミは三歳でしたが私の腕に取りすがり、黒いフサフサとした髪を揺るがせながら、「私、死ぬのは嫌よ。お父様の帰りを待ちたい。内地にはおじいちゃんも、おばあちゃんもいるのだから会いたい。私は嫌よ」と、目に涙を一杯溜めて必死に言うではありませんか。

私ははっと我に返って、「何てことを考えていたのだろう。この子たちは日本再建の大きな使命を持っているのだ。そうだ、もしもの場合でも逃げるのだ。そして動けなくなればいつでも死ねる。急ぐことはない。よく考えてみよう」と決心しました。

心が軽くなると同時に、二人の子供を抱いて「ごめんね」と三人で号泣しました。

　翌日、隣の奥様ともよく話し合い、逃げられるだけ逃げてみようと、荷物を小さく幾つかに分けて作りました。心配する時間もなく、何処《どこ》に逃げるかも決まらないうちに、裸足に三角帽子をかぶった中国人が進駐軍としてやって来ました。長い戦争のせいか、または初めてだからなのか、電気を見るのも珍しい様子でした。その姿を見てひとまず安心しました。危害を加える様子は全くなく、ただ物珍しく街中を歩き回っているだけでした。

　果たして日本に帰れる日が来るのかどうかと不安な毎日を過ごしていた矢先、関東部落に広い農場があり、警察官で同じ職場の二家族の方が、内地に帰るまでそこで野菜作りをして生計を立てていることを知り、ご一緒させていただくことになりました。

　私は農作業ではなくミシンの仕事で役立つことで、地域の人々と親しみ、交流を深めて、奉仕するようにとのことでした。仕事を始めると、海軍で兵長にまでなった「陳」という青年が、昼休みに通訳として来てくれて、これはズボン、これはシャツ、子供服等と、いろいろと助けてくれるので、仕立代は一切いただかず、気に入るように縫ってあげました。

するとお金はないけれど味噌とか餅をついたからと持って来てくれるようになり、部落の人たちからもとても可愛がられるようになりました。それなりに生活は安定しつつも、内地に帰れる日をひたすら待ち続けるという毎日でした。

危機一髪

ある日、陳さんが真っ青な顔をして震えながら、「奥さん一刻も早く逃げてください。夜、隣村の人たちが寄り合い、打ち合わせをして、あそこに日本人の三家族がいるので、襲撃すればまだいろいろと衣類、道具、宝石もある。それを売り払われないうちに略奪しようと計画している。もし襲撃に遭ったら、いつもご主人の消息が分からない、南方のほうに[24]いるらしいと心配している奥さんの身に危険がある。これは一刻も早く教えてあげなくてはと急いで来ました[25]」とのことでした。

「この密告がバレると、自分は銃殺になる」と、怯《おび》えて震えています。「自分は昭和の御世に生まれて、日本の教育を受け、海軍に入隊して、一人前にしていただきました。天皇陛下及び日本人に恩返しできるのも今です。この機会を逃したら一生後悔すると思って、訪ねてきました。奥さんは仕立物をしても一銭も取らず、よく尽くしてくれました。部落を代表してお礼を申し上げます。隣村の人を止められないのが残念です」と涙ながらに教えてくれました。

「いえいえ、陳さんは私たち三家族の命の恩人ですから。何かお礼になるものを差し上げたいけれども……そうだ、結婚したときに記念に作った霜降り色の三つ揃いは防空壕で助かったので、これだけはと大切に持っていたけれど、恩人の陳さんに差し上げます。日本を思い出したときにでも着てくださいね」と、大切なものではありましたが渡しました。

すぐに隣の奥さんに事情を話して、高雄にいるご主人にも連絡を取ってもらい、夜ひっそりと荷造りを済ませて一睡もせずに待機しました。

「もしも足手まといになるようならば、河内家のことは考えず、自由に行動してください」とは言ったものの、何の連絡もなく不安な一夜でした。

洋輔も時々目を覚まし「来たのか」と尋ねるので、「まだ来ないから大丈夫」と答えたものの、二人の子供の命もどうなるものか、考えることもできませんでした。

翌日の早朝、大きなトラックに荷物を満載して、その上に大人が乗り、子供は

24　台湾歩兵第二連隊は、昭和十五（一九四〇）年十一月三十日設立の第四八師団に編入され、終戦当時はインドネシア南部のティモール島にあった。

25　旗山で日本の警察が台湾独立派の首謀者とする人物を投獄。このことに異議を唱える人たちによって日本の警察に対して反発が起きたとされている。

運転台に詰め込みエンジンをかけて発車すると同時に、五、六〇人くらいの人々が雪崩《なだれ》のように押しかけてきました。一部は空き家に飛び込み、一部は農具を振りかざして、車の後を追いかけて来ました。やがて諦めたのか立ち止まると、我先に空き家に向かいました。積み残した荷物や家具がまだかなりありましたが、どうすることもできませんでした。

失望する間もなく、車は屏東《へいとう》（ピントン）にある知人の家に急ぎました。見渡すと、はるか彼方の高い山の上で陳さんが白い旗を振って我々の無事を祈ってくれているようでした。目立つと密告がバレるのに、と心配でしたが何をどうすることもできませんでした。

国境を越え、民族を超えても真心は通じる。何処ででも、心からのボランティアは命を救ってくれることもあり、我々はその恩恵を受けたのだと心から有り難く思いました。

共同生活

屏東にある知人の家は、やや広めの家でしたが、一軒の家で四家族の共同生活が始まりました。一応四つに区切り、生計も別の形にしました。仲良く暮らすことができて、日本に帰る日を皆、首を長くして待っていました。

そんなとき、戦時中に台湾の独立運動を計画した先覚者として知られる「Aさん」という方が尋ねて来ました。日本の私立大学を卒業しているとかで、日本語も上手で学識も高く、感じのいい方でした。初めてお目にかかる方なので全く予備知識がないにもかかわらず、「Aさん」はなぜか私のことを知っていたので不審に思いました。

聞けば、戦時中は独立運動の反逆者として独房に入れられていたとか。主人と関係していた方のようでした。

「河内刑事部長の奥さんがどうしているのか気になっていました。私が独房に入っているとき、河内刑事部長がわざわざ『奥さんからの差し入れだよ。中にラブレターも入っているようだよ』と届けてくれました。『まあ一服しなさい』と煙草を渡してくれて、随分と優しくしていただきました。規則違反は承知の上で、差し入れの中身を調べもせず、まして煙草をくれる刑事は一人もいなかったので独房での唯一の楽しみでした。取り調べのときにも決して暴力は振るわず、紳士的に扱ってくれました。あの清廉潔白な河内部長の奥様が今どうしておられるのか、敗戦後の暮らしはどう凌いでおられるのかと、とても気にかかり、一生懸命に捜しました。転々と住まいを替わられて、屏東におられることがやっと分かり、今日ここに訪ねることができました。私の力で一刻も早く日本に帰れるように努力してみましょう。せめて河内部長に恩返しができるように手を打ってみますから、安心して身体を大事にしていてください」

真心のこもった、有り難いお言葉でした。

その当時の警部補他、数人は終戦後に恨まれて惨殺されたことが耳に入っているときだけに、またこうして台湾の方に助けていただけたことに感無量の思いでした。

「本当に有り難う御座います。よろしくお願い申し上げます」と初めてお目にかかった方とは思えない気持ちで、何度もお礼を言って別れを惜しみました。

引き揚げ

それから数カ月後、「出征軍人の留守家族は一番に引き揚げさせよ」との命令が出て、優先的に乗船許可をもらいました。

おかげさまで、昭和二十一（一九四六）年三月に、高雄港より一路懐かしい日本に向かいました。しかし船では、薄暗い船底の広いところに大勢の人たちが寿司詰め状態で身動きもできずに座ったままで寝るような環境で、十二、十三日間過ごしました。最初の四、五日は全員船酔いで動ける人もいません。当時私は三十歳[26]とまだ若かったし、二人の子供が可愛いのでしっかりしなければと気を張っていました。食事のたびに大きなバケツ一杯の玄米食と食器、おかずを担いで、揺れる船の中で三五度の急階段をギシギシと音を立てながら、何回も甲板まで上り下りしては運びました。

その後も、水筒を一〇本ほど肩に担ぎ、階段に向かうとあちこちから「奥さんこれにもお願いします」と声がかかり、「ちょっと待ってください。すぐに来ますから」と、これも何回となく水筒を運びました。一日中皆さんの世話で一杯で、自分が船酔いする時間もありませんでした。

おかげさまで一同無事に三月二十日、広島の大竹港に入港しました。

祖国に到着しておりながら、なかなか上陸が許されず、全ての検疫が終わった二十六日、やっと上陸の許可が下りて一路岡山駅に向かいました。

九年ぶりの岡山です。「あのなぁー」という方言の懐かしさ、話し声を耳にして、知らず知らずのうちに涙していました。

その夜は、駅のコンクリートの上に荷物を並べて子供を寝かせると、私は寒さから一晩中、その周りを行ったり来たりしながら「明日は懐かしいあの顔、この顔に会える。両親は元気だろうか。明日が待ちどおしい」と、いろいろと想像しておりました。

岡山駅から足守駅までは汽車で、足守より福谷《ふくたに》まではバスで行きましたが、吉川まではバスが通っておらず、局から農協に電話をして迎えに来てくださるように連絡をお願いして歩き始めました。

黒谷池の畔をボツボツと上がっていたところ、義兄と甥が迎えに来てくれました。猿見《さるみ》を上がりきったところで「実家の両親は元気で生きておりますか？」と尋ねました。

「どちらも元気だ。安心するといい」との義兄の言葉にやれやれと安堵している

26　満二十九歳。

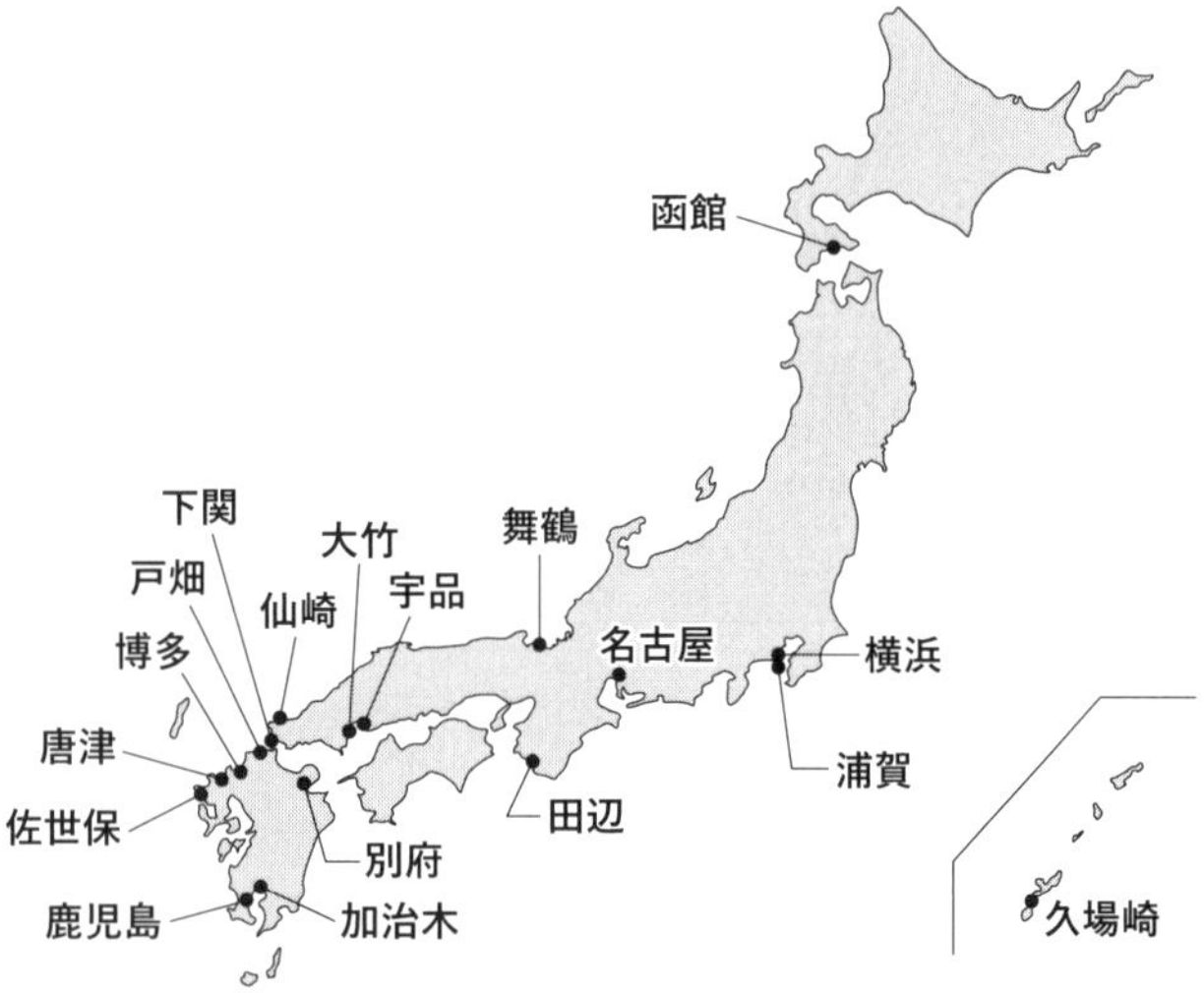

ＧＨＱによって指定されていた国内の引き揚げ港。
出典：『海外引揚の研究　忘却された「大日本帝国」』加藤聖文著（岩波書店）より

と、実家の父が顔中笑って、転ぶような速さで迎えに来てくれました。

「洋輔にマスミかぁ。おじいちゃんの背中に来い」と言うと、マスミは「ハイ」とすぐにおんぶされ、そのまま主人の実家のすぐ下まで父が送ってくれました。

義兄の家族に優しく迎えられて、久しぶりに白米の美味しい食事をいただきました。

翌日から家の雑用やら、少し

慣れてから農作業にも出ました。農家で育った私は田植え等も苦にならず、毎日田に出ました。

「もし主人が戦死していたら、この家を出て行きます。ひょっとして生きていて元気に帰って来るかもしれず、そのときまでここにおいてください」とお願いしました。

復員

七月の初めに、義兄の三男の欣也《きんや》が難病のため高梁の大杉病院に入院することになり、その付き添いとして看護していました。

十月のある日、吉川の役場より電話で「ご主人が無事帰還されて今、名古屋まで帰ってきております」との連絡を受けました。何の便りも情報もなく、半分駄目かとも思っていただけに、そのまま座り込み動けなくなってしまいました。欣也が待っていると分かっていても腰が抜けて立てず、病室まで廊下を這って行きました。

翌日、義兄が代わりに病院に来てくれて、最終のバスでマスミと二人で吉川に帰りました。

主人に会うのは昭和十八年に出征して以来、三年ぶりです。「ようこそ、元気で」と、あとは言葉にもなりません。

「マスミ、大きくなったね。洋輔はね、恥ずかしがって隠れてばかりだよ」と言う。

十数年ぶりの故郷——しかもそのうち六年ほど戦地を駆けていた主人は、日本の変わりように素直についていけない部分があったようでした。病弱で兵隊に行けなかった人が大会社の社長になったりと、いろいろと目を見張ることの多い状況に、「再び警察官になるのも大儀。まぁ、しばらくは静養してまた考えてみるか」と、二反ほど田を借りて米を作り、私は洋裁と和裁の内職で暮らすうち、次男の是純《これすみ》が生まれました。

家を建てる

欣也は退院したものの快方には向かわず、家中が暗いのでお大師様《だいし》[27]をお願いして、御祈念しました。義兄も主人も、「絶対にそんなものは信じられない」と言いながらも、私が熱心なので「それでは」と、ある日お大師様二人を招き、御祈禱を始めました。

夜半に入り、関係の深い神々、仏様たち、全部が出られていてお祀《まつ》りが不足している等、いろいろな話を聞きました。最後に御幣《ごへい》が高々と上がり「余は、吉川八幡宮なるぞ」と言い、「前に来い」と私が呼ばれて「遠いところを幾多の困難、災難にもめげず、よく再び生まれ故郷に帰って来た。愛しや、可愛やと毎日

27　高徳の僧の敬称。

守ってやった。その神護が分かるか、どうじゃ？　毎日、西に向かい、東に向かい、屋敷と家が欲しいとしておれ。必ず八幡の前に屋敷を与え、住む家も建てられるように取り計らってやるから。他の土地に行くことはならぬ。この土地におり、皆の者にいろいろと奉仕せよ。他の土地に出すには惜しい人間じゃ」との有り難い言葉をいただきました。私は藁《わら》にもすがる心境でしたので、ただうれしくて、有り難くてお大師様の膝にすがって泣きました。

後で義兄や主人に、「お前はそれでも人間か。単細胞だからそんなことが信じられる。逆に幸せかもしれぬ」と笑われましたが、私は深く信じました。そして必ず呼んでくださると、毎日祈っておりました。

三カ月ほど経つと、私の実家の本家で村長をしていた政雄兄が八幡様の社務所に行ったところ、総代会を開催していて、十分くらい前に「鳥居の前の山を開放して、疎開の人や引揚者の人たちに住宅地として貸すと、土地代も入ると決定したばかりですよ」と教えてくれたのです。

政雄兄も大賛成して、すぐ現場を確認。椿の木から大木の裏白樫の木の傍まで建築してはどうか、許可も既にもらってきたとのこと。兄もよほどうれしかったらしく、下の道のほうから大声で叫びながら上がってきましたが、最初はよく聞こえず、何事が起きたのかと心配しました。

「美代子、家を建てよ。この土地で二度目の花を咲かせよ」と、政雄兄の言葉。兄も足が地につかぬほどうれしく、急いで知らせに来てくれたようでした。

「やっぱり八幡様が呼んでくださった。有り難う御座います」と、心でお礼を申し上げながら、戸外の雪みぞれの吹くなか、小さな炊事場で是純をおぶって、兄に出す食事の準備もその日は寒いとも思いませんでした。

今しばらくの辛抱だと、早速翌日から主人と二人で道具を持って木を伐《き》り、整地を始めました。今とは違い、トラクターもなく、鍬《くわ》に頼るしか術《すべ》もなく、お金もありません。自分たちの力だけでと心に決めて、時間はかかっても毎日毎日二人だけで通いました。

家ができたら洋裁と和裁をしながら雑貨店でも開こうと、期待に胸を膨らませて、金策にも飛び回りました。約二〇坪の土地に二階建てで、大工さんに一五万円を渡しました。今はトタン一枚の屋根、泥で作った二つのくどが私の炊事場で、雨の日も雪の日も、「引揚者だからこんなことくらいは平気だ。私には三人の子供という可愛い宝物がある。立派に育て上げよう。それしか私の財産はないのだから」と何回も念じました。

我が家ができたらと希望に燃えた毎日でしたが、昭和二十五（一九五〇）年の八月に開始して二十六年に移り住みました。

まだ壁も荒壁、建具も十分ではなく、大工さんも驚く未完成でしたが、足りないところはおいおいやるとして、一応満足でした。

屋号を「双葉屋」とつけて、一から始める覚悟でした。

幼少期のきょうだい3人と父。

主人も私も吉川の生まれだったので多くの方がよく来てくださり、店も繁盛しました。店の仕入れと家の借金に追われて、なかなか苦しい生活が続きましたが、頑張るしかない状況でした。

お茶とお花

まだまだ三十代で、何でもやれると思っていると、婦人会の会長、PTAの副会長、母子奉仕委員等の話が来ました。「八幡様が、村の役に立てよ」と申されたのが頭にあったので、私で役に立つことであればと「ハイハイ」と引き受けて、婦人会の会長をしているあるとき、総会の折に一二〇人くらいの会員の前で出席者の一人から「会長をなさるくらいのお方なら、お茶やお花の一通りの教養は、身に付けておられましょう」等と、大変な侮辱の言葉を受けました。

私はその言葉を有り難く真剣に受け止めて、「誰でも陰では悪口は言っても、大衆の面前で勇気を持って私を悪く言ってくれる人は有り難い」と、これは天の声だと深く胸に受けました。そして娘時代にも少しは勉強もしましたが、今度こそ本格的に茶道、華道を極めたいと、機会が訪れるのを待つことにしました。

半年後、福谷より先生が知人宅に来てくださることになり、私にも声をかけてくださいました。「これこそ神のお言葉だ」と思い、一週間に一度、雨の日も風の日も、大雪の日も、裾を端折《はしょ》って通い、お稽古をしていただきました。

三年ほどして、先生が出稽古に来られなくなったので、こちらから福谷まで稽古に参るようになり、長い年月をかけてお茶もお花も教授の免許をいただくことができました。一年に何度となく、岡山、倉敷方面と、会のあるたびに勉強に行きました。

昭和三十七（一九六二）年に岡山県下でも珍しく、茶室もある模範的なゆったりとしたいい公民館ができました。主人も公民館主事としてそちらに勤めることになりました。公民館での活動の一環として、お茶やお花をやりたいとの声もあったことから、婦人会及び有志の方に、茶道「表千家」と華道「池ノ坊」を教えました。すると、そのなかから続々と、免許を修得される方も現れて、地域交流が活発になっていきました。

子供三人はというと、長男は東京の大学に、娘は保育専門にと進むうち、私に民生委員の話が来ました。

私の人生には何もない、茶碗一つから始めた生活が二度もあります。本当のどん底生活を味わっているので、困った方の気持ちはよく理解できます。自分の性分に合った仕事で、八幡様の「人の役に立つこと」という言葉もあって、日夜を問わず、どんな小さな相談にも乗り、皆様が少しでも幸せになれるよう、努力を惜しみませんでした。

長男は卒業後に就職、娘も保母に、次男も高校生になるとやはり東京の大学に行きたいと言うようになり、家を出て行きました。卒業後はしばらく東京の会社に就職していましたが、岡山東署に奉職していた主人の弟に子供がいなかったため、養子に行き、「天満屋」[28]に就職させていただきました。

それぞれ三人の子供も結婚し、家庭を持ち、近くに住む次男の子の子守りで保育園に行ったり、お宮で遊んだりと、平和な日々を送っていました。

突然の別れ

昭和五十五（一九八〇）年六月十日の朝、主人はいつものように公民館に出勤して行きました。昼食で一度戻ると、そら豆の入ったご飯を「これは初物で美味しい」と喜んで食べてくれました。その後、午後の会合があると急いで公民館に行きました。

会合が終わると「皆さん、きれいに整理してください。最後はきれいに」と何度も言っていたとか。後々の話では、ある人に「今日が最後じゃから」とも言っていたそうです。

五時過ぎに帰宅して「ちょっと横になる。何となく気分が優れない」と言うので、「今日はお茶の稽古の日ですが、断りましょうか」と聞くと、「いや、好きなテレビがあるので、それを一人でゆっくりと見るから、行って早く帰って来い」と言うので、イチゴに牛乳をかけて出しておきました。

二時間ほどで帰ってみると、イチゴもきれいに片付けてあり、「これはな、晶子《あきこ》（是純の妻）が孫を連れて来てくれて、イチゴは孫が食べたんだ。足を揉んでくれて、先ほど帰ったばかりだよ」と喜んでいました。

軽く食事をした後、「風呂は」と聞くと、「もう少しテレビを見るので、お前が先に入れ」とテレビから目を離しません。

私はというと朝、一応は掃除してありましたが、もう一度階段、板の間、台所を整理整頓していました。その間に主人はいつの間にか風呂に入っており、なか

28　岡山、鳥取、広島を中心に展開している百貨店。

なか出てきません。いつもより長いので「お父さん、どうかしたの？」と、そっとのぞくと、全身石鹸だらけにして髪を洗い、髭剃りをしていました。「お父さん、きれいにしているのね」と私が言うと、いつもなら「くだらんこと言うな」と嫌な顔をするのに、その日は笑っているだけでした。

このときには、主人があと一時間半ほどで黄泉《よみ》の客になる等とはつゆ知らず、「背中でも流しましょうか」と聞いてみたところ、「今日はいい。もう上がる」と元気な声でした。

しかし床に就いて十分ほどすると起き出し、布団の上に座っています。「どうしたのよ、眠れないの？」と聞くと、「今晩は寝付かれなくて」と言います。「足がだるいのなら、揉んであげましょう」と、しばらく揉んでから、別の布団をクルクルと巻き、足をのせてあげると「これはいい、これで寝られる」と言いながらも、やはり寝苦しい様子です。

「きっと、血圧が上がっているのでしょう。かかりつけ医の徳盛先生をお願いしましょう」と電話を入れると、「今、風呂に入っているので出たら往診します」ということでしたが、その後わざわざ奥さんが様子を見に来てくださいました。「僕は陸軍曹長です。敵の弾をくぐって生きてきた自分です。このくらいのことは平気です。行きます」と言うが早いか、大股でタッタと歩いて先生のところに行きました。

「血圧が二二〇で、とても心配ですから」と、注射の後服薬もして、床に就き、「あれこれ心配かけたが、もう大丈夫だ。わしは寝る。お前も寝なさい」と言いました。

「寝る前に何か欲しいものでも」と聞くと、「そうだな、少し歩いたので水を一杯」とのことでコップ一杯の水を盆にのせて持って行くと、起きて美味しそうに飲み、「これで安心だな」と床に就きました。

私のほうは、なんだか今宵は寝込んではいけないような、いつもと何か様子が違うような気がして落ち着かず、「一晩中起きていようかな」と考えていました。

三十分くらいすやすやと安らかに寝ていましたが、「ふん、ふん」と、夜中だから聞こえるほどの静かな声がしたので枕元に行きました。

「どうしたの、お父さん、お父さん」と、何度も呼びましたが、目を閉じたまま、両手を上げて、何かを探している様子です。その手をしっかりと固く握り合って、「私はここにいます。元気を出してください」と上半身を起こしてみましたが、すぐにゆったりと床に寝てしまい、力が抜けていってしまいました。

脈拍が結滞していたので急いで徳盛先生に電話で連絡すると、奥さんと二人で走って来てくれました。「脳死ですね。これは大変なこと」とおっしゃったので、急いで子供や兄弟に連絡を入れて枕元に座ると同時に、「お気の毒ですが、ご臨終で御座います」と言われました。

「お父さん、長い間お世話になりました。後のことはご心配なく。心安らかに成仏してください。そして私たちのことを守ってください」と、両手をついて、別れの挨拶をしました。

こうして、嫁してより四十三年の長い夫婦の暮らしは終わりを告げました。昭和五十五年六月十日、午後十一時五十分。子供たちも兄弟の家族も来てくれて、義兄曰く「般若心経《はんにゃしんぎょう》を二枚の画仙紙に一週間ほど前から書き始めていた。今晩はどうしても書き上げなければと思い、一人起きて書き終え『登仙作』と号を入れ、朱印を押すと、電話で極の危篤の知らせを受けた」とのことでした。

その間も往診していただいた先生をはじめ、近所の方のお世話も受け、御仏のお導きをいただいて、安らかに昇天したのでしょうと感謝しました。

とても悲しかったけれど、泣いてはいられない。親族への連絡、葬儀の手配等、やらなければならないことも多く、次々と用事に追い回されました。

葬儀には大勢の方に来ていただきましたが、勤めていた公民館を使わせていただいたおかげで何とか収容することができ、弔辞も三人の方よりいただきました。二月に文部大臣賞を受賞したことにも触れ、皆様に讃えていただきながら、盛大にお見送りしていただきました。

一世一代の大仕事

一人暮らしになった私には、近くに新築落成された吉備松下工場[29]より、お茶とお花の指導の依頼がありました。月二回、障碍《しょうがい》のある方への手とり足とりの教授は、とても生きがいを感じる楽しい仕事でした。

昭和六十三（一九八八）年、皇太子様[30]と美智子様が松下工場に御成り遊ばす日、各所にお花を生けて、玄関には鶴亀の花器にお迎えの花を生けました。後に、美智子様がゆっくりと足を止めて見てくださったと聞き、勿体なく存じました。

授産所の「吉備の里」にも月に二度、お茶とお花の指導に行きました。カワヤナギを生けるときには『めだかの学校』を歌い、チューリップを生けるときには『チューリップ』を歌いながら生けました。孫のような平成生まれの人と共に親しく語り、私が行くのを心から待っていてくださる。身の上話もよく聞かせてくれました。

秋篠宮御夫妻が「吉備の里」に御成り遊ばされたときも、直径七五センチの、大人が一人ゆったり入れるほどの高さの安土桃山時代の大きな壺二個に大作を生け込みました。我ながらこれは立派だと思いました。一本ずつ生けるたびに、県庁の方から花の名前を聞かれました。

花に毒があるといけないから聞かれるのかと思い、「身体に悪い花は使ってはおりません」と申し上げましたが、花粉の害を心配されたのでしょうか。厳重に記帳していました。

この二回の大仕事は、私の長い華道教授生活のなかでも一世一代の光栄で、忘

29　労働省所管の身体障碍者多数雇用事業場として、岡山県御津郡加茂川町（現・加賀郡吉備中央町）に昭和五十五年十月設立。

30　現在の明仁上皇。

皇太子ご夫妻が吉備松下に
基板製造工程をご視察

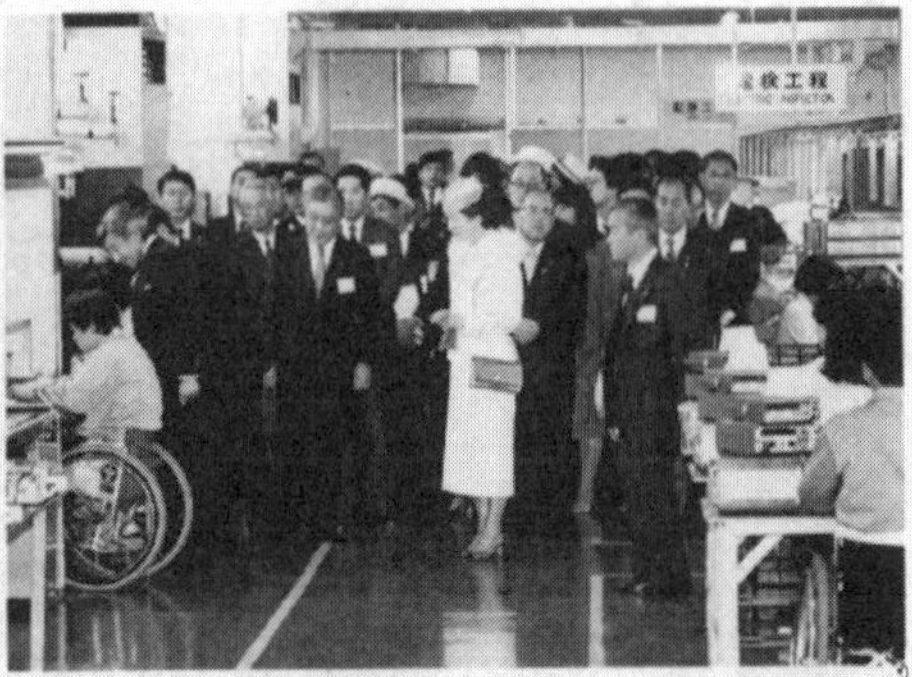

工場を視察し従業員に親しく声をかけられる皇太子殿下(左)

四月九日、瀬戸大橋開通式ご出席のため岡山を訪問された皇太子殿下ご夫妻が、吉備松下を来訪され、工場をご視察になった。当日は谷井社長、村瀬常務(吉備松下社長)、井上吉備松下常務が出迎える中、午後一時二十三分工場にご到着になった。

工場ではまず村瀬常務がビデオの商品説明を行い、皇太子殿下から熱心なご質問があった。その後ラインを一巡されたご夫妻は、工場で働いている従業員らに「こまかい仕事で目が疲れませんか」「元気で頑張ってください」と、次々にやさしく話しかけられ、激励された。

二十五分ほどでご視察を終えられたご夫妻は、休憩室で谷井社長、村瀬常務、井上吉備松下常務とご懇談になり「障害者工場第一号としていろいろとご苦労があったことでしょう」と、ねぎらいの言葉をおかけになった。

吉備松下は、福祉と先端技術の街づくりをめざして岡山県中央部で開発が進められている吉備高原都市に、障害者の雇用を目的に、当社が岡山県、地元の加茂川町、賀陽町と共同出資して昭和五十五年に設立した会社。現在百三十人(障害者四十三人、健常者八十七人)が働いており、ビデオデッキ用のプリント基板の製造を行っている。

1988(昭和63)年4月9日、瀬戸大橋開通式出席のために岡山を訪問した皇太子殿下ご夫妻(当時)が工場をご視察。(社内報『PanaNews』1988年4月15日号より)

れることはできません。

子供たちもそれぞれ安定した生活をしていたので、私も七十歳を機に、本宅の建て替え、新築を思い立ちました。平成元（一九八九）年に始まる消費税がかからぬうちに老人向きの住みよい家をと、茶室八畳に水屋をつけて、希望通りの天井は卍《まんじ》くずしに、床の丸窓は「美月」の号をとり、月にむら雲。廊下の天井は萩を煤竹《すすだけ》にと作って、初釜を機に家での稽古を始めました。

主人もあの世で喜んでくれていると思います。

孫も手がかからなくなり、一緒に短歌を作れるようになりました。昭和五十六年に賀陽文芸クラブに加入し、詩吟も十年、ちぎり絵も十年、勉強させていただきました。

吉川出身の著名な方に、茶人で作庭家、日本庭園研究家として知られる重森《しげもり》三玲《みれい》先生がいます。重森先生が初めて手掛けた「天籟庵《てんらいあん》」という茶室は、もともとは重森先生の生家にありましたが、昭和四十四年に吉川八幡宮と公民館の間に移築されました。無人での管理を可能にするため、庭は草除けとしてコンクリートで固められ、赤が池、白が波で海を表現している大変珍しい茶室です。全国でもまれな、「真行草《しんぎょうそう》」の三カ所の床《とこ》がある茶室で、茶室蹲踞《つくばい》[31]は鎌倉時代の燈火の下で、昭和四十四年に三〇万円と申されておりました。

立派な茶室を御寄付くださり、私はうれしくて毎日、見に行っていました。重森先生は「美代ちゃん、頼むよ。度々天籟庵を使ってくれるように」と会うたびに申されていました。

年に一度の文化祭には盛大な茶会を催し、平素もよく稽古しました。年を取ること早八十歳、数年前に両膝関節が痛み、正座ができなくなり、松下も授座所もお断りして、両膝を一度に手術しました。

自宅での稽古のみに切り替えましたが、平成十年、十一年、十二年、十三年……。一年ごとに確実に痛みも増して、動けなくなってきています。

八十七歳

家の中を這いながら食事の仕度も洗濯も自分でしていますが、今では十分も立つことができず、茶碗を三個も洗うと、激痛に耐えかねてその場に横になりながら、悔しくて涙が溢れ出てきます。そして落ちる涙を指先に付けて「意気地なし、元気を出せ、美代子らしくないぞ」と床に書く。それを天の声と見て、自分自身を励まし、やっと起き上がって次の仕事にとりかかります。しかし「八十七歳、もう無理もないのかなぁ」と、諦めと我慢が交差する毎日です。

横に転がりながら、繰り返し思い出すことがあります。

昭和五十五（一九八〇）年六月一日、九州の小倉《こくら》で台湾の警察官の会があった帰りのことです。博多から岡山に向かう新幹線の中で、主人がゆっくりした口調

31　茶室に入る前に手を清めるために使う水を入れた鉢。

で私の手を固く握り締めて、「わしは幸福者だった。わしのように幸せ者はそうざらにはいないだろう。有り難う美代子、感謝しているよ」としみじみと言ったことがありました。いつも軍隊式でガミガミと小言の多い主人が、急に何事かと不思議に思い顔をのぞくと、「本気で言っているのだよ。満足している。有り難う」と重ねて言います。「長い間だったね。よくやってくれた」と。

私は「どこからそんな言葉が出るのかしら」と思いましたが、本当の言葉は握られた私の両手にじんと染み込み、全身に温かく伝わりました。

「お父さん、有り難う御座います。この年になって、何か不足を言われてももう取り返しはできません。私には勿体ない言葉で御座います」と答えました。

その十日後、あの世に旅立つとはつゆ知らず、「これからもお互い仲良く楽しい老後を送りましょう」と誓いました。既に虫の知らせのようなものを感じていたのかもしれません。これはわざとらしくて書かないほうがよいかとも思ったのですが、身体が痺れて倒れて動けず、横になっている間、いつも自然に思い出として浮かんでくるのです。

今は孫も大きくなって、雑貨のお店もやめて、好きなちぎり絵、詩吟、短歌等、家にいてもできる趣味と、お茶も週に二回は指導しています。

地域の方々が新鮮で珍しい野菜、春の彼岸には草餅、その他手作りの食品を親切に持参してくださいます。

一昨年からは、月曜日と金曜日に一時間半、ヘルパーさんをお願いして食事の支度をしていただき、とても有り難く助かっています。

長男の洋輔は、大学卒業後に入社した東京の西日暮里にある太陽興業株式会社で社長をしており、次男の是純は東京の大学を卒業後、一度は東京で就職して子供のいない主人の弟の養子になり、岡山の天満屋に勤めています。

是純の妻・晶子は豊野小学校の教頭を務めています。

娘のマスミは保育専門学校を卒業後、久米《くめ》郡旭町《あさひちょう》の青野家に嫁ぎ、保育園の園長をしています。そのご主人は旭町の町長二期目を奉職しています。

皆それぞれに多忙な毎日を送っておりますが、とても親孝行でよく尽くしてくれて、育てた恩はもうとっくに返していただいたよ、と笑って話しています。

賀陽文芸クラブに入り、一昨年二五〇首の思い出の歌を詠み、『追憶の花』の歌集として駄作を並べて作り、身内に配りました。

長い年月を数知れぬ多くの方に助けられて、八十七歳の今日まで生かされたことは限りない感謝と感激の至りで御座います。

身一つの　我が家の宝　大臣賞

亡夫が文部で　我は厚生

九十近く　生かされて来て　有りがたし

はらからみなみな　健やかなれば

平成十四年三月

河内美代子

初めて知る母の姿

これが、母・美代子が広告の裏にまとめた、自身の人生の記録です。

父が亡くなった後は、母一人の生活となりました。

近くに住む弟の是純夫妻は、毎日出勤前と帰宅時に母の家に立ち寄り、安否の確認と雑用を引き受けてくれていました。また、少し離れたところに住む妹は、時間のあるときやお茶、お花の稽古の日には手伝いを兼ねて訪ねていました。

私はというと、母の家から一番遠くにおり、仕事上自由な時間を取りにくい状況にありましたが、土曜、日曜を利用して訪ねたり、経済的応援もしたりしていました。

平成十四（二〇〇二）年五月十八日、倉敷で甥（妹・マスミの次男）の結婚式がありました。足の痛みで出席することができなかった母に結婚式の様子を伝えようと、久しぶりに吉川の実家に立ち寄りました。

相変わらず寝転がったままでしたが、それでも元気で雑談をしていました。すると「つれづれなるままにこのようなもの、私の記録を書いてみたのよ」と広告の裏に書いた何枚かの紙を渡されました。

その場で拾い読みをしてみると、足腰の痛みに耐えながら寝たまま少しずつ時間をかけて書いたらしく、文字も乱れて行も曲がっていましたが、内容はしっかりとしており、「母の一生の記録、生きた証《あかし》でもあるし、このままにしておくのは勿体ない」と思いました。我々きょうだいだけでも読んで理解してあげたいと考え、「ちょっと貸してくれない、ワープロでまとめてみるから」と持ち帰ることにしたのです。

持ち帰ったものの、いつも雑用、雑件に追い回されている状態で、全く手を付けることなくいつしか六月に。私には時間がほとんどなく、特にその年の五月は家で妻と夕食を一緒にできたのは、数えてみると三日しかありませんでした。これではいつ清書できるか分かりません。

そこで近くに住んでいる娘の仁美《ひとみ》を呼び出して、「時間のあるとき、パソコンで打ってみてくれないか。アルバイト料は弾むから」と押し付けてしまいました。仁美も二歳の女の子と九カ月の男の子を抱えて、その世話に日々振り回されていた頃です。それでも一読して初めておばあちゃんの人生に触れて、「苦労したのね。でも頑張り屋で偉い人」と、女の一生とでもいうような内容に惹かれたのか、快く引き受けてくれました。文字を入力するたびに二枚、三枚と校正を求めてファクスが送られてきて、時間を見ると夜中の一時、二時。皆が寝静まってからこの作業をしていたようでした。

人の一生には長短にかかわらず、必ずドラマがあると思います。生まれながらの環境の違い、その人の努力、頑張りが実るときもあれば、逆に努力とは全く無関係に外部の要因――例えば大東亜戦争後のように日本人全てが一八〇度の転換を余儀なくされて、人生が大きく変わることもあるでしょう。

母もその幼少期には、多くの日本の農村の百姓一家がたどった道――忙しく人手が足りず貧農で、子供も戦力だから働けと、厳しい生活を送っていたことを、この手記を見て初めて知りました。

父も母も、一番楽しく働き甲斐もあり、実りあるはずの青春時代を戦争という魔物に翻弄され、自分の意思とは無関係に動かされていたようです。

戦争は罪悪です。勝っても負けても、多くの犠牲、負債を抱え込みます。

父や母も一切の財産や積み上げた全ての人脈、功績を捨てて、着の身着のまま、本当に何も持たずに台湾から引き揚げてきました。

どの国であれ、戦争はやるべきではありません。

母の娘時代、台湾での生活等、この手記で初めて知ったことが多くありました。

一番記憶にあるのは、お宮の前のあばら家で、三人の子供それぞれを学校に行かせるために、夜遅くまで毎日毎日ミシンを踏み続けていた姿です。恐らくそれが原因で両足の膝を手術して、更に腰にまで痛みが進み、寝込んだまま動けぬ身体になったのだと思います。

そのことを考えると、何もしてあげられなかった自分が腹立たしく、自己嫌悪に陥ることがあります。

「一人の苦しんでいる実の母さえも助けられず、お前は何を忙しそうにやっているのだ。母より大事なものがあるのか」と常に胸の中で誰かが批判、罵倒しているようで、誠に申し訳なく思っていました。

そういう私も、六十歳を過ぎたあたりから取引先、友人、知人と斎場に送る回数が増えてきました。それが済めば、今度は自分が送られる立場になるのでしょう。

葬儀場では僅かな時間、その人の人生を思い、人は何をしにこの世に生まれて来たのか、満足したのか、やるべきことはやったのか、悔いはないのかと考えてみたり、自身の人生についても顧みたりしていますが、そんな時にも思い出すのはやはり母の痛み、苦しみです。何とか痛みを取り、安らかな晩年を送ってもらいたいとは思っていたのですが……。

しかし、母はある面では幸せだったとも思います。心優しい善良な皆様に囲まれて、尽くし尽くされ、やりたいこともできました。

口うるさい、怒鳴り散らしていた父も、我々の知らないところでそれなりの感謝の気持ちを表現していたことを、この手記で初めて知り安心しました。

小さい頃、父に頼まれて魚の釣り針を買いに行かされたときのことです。お店の方はお年寄りで、目も悪かったのか、一〇本買ったのに一一本あったことがありました。その場で気がついていたのですが、黙って持って帰ったところ、非常に怒られ、夜道を二人で謝りに行ったことがありました。

曲がったこと、インチキは嫌いで、筋を通すほうですが、警察でも軍隊でもあまり昇級には縁がなかったようです。

この際、父にも自伝めいたメモか何かあれば二人揃えて記録したほうがよいかと探してみましたが、照れ屋の父にはそれはないようでした。

母は年齢的な体力の衰えから、平成十五年に岡山市の病院に入院し、我々三人の子供は毎日のように連絡を取り合っては、一喜一憂していました。私も土曜の朝一番で行き、日曜の最終新幹線で帰宅と、互いに可能な範囲で協力していましたが、寿命には勝てませんでした。

平成十五年七月四日　午前四時四十分

国立病院岡山医療センター[32]　享年八十七

家族に見守られながら、母は父の元へ旅立ちました。

大小さまざまのビルが立ち並び、良いことも悪いことも混ぜ合わせて一体となっているこの東京で私が真面目に生きてこられたのも、緑多く、水清く、ユートピアのような故郷の吉川で母も頑張っていて、「困ったらいつでも帰って来い」との言葉が心の支えになっていたからです。

いつも心にゆとりを持って、悪にも走らず、曲がったこともせず、ひたすら進むことができたのも、ひとえに故郷の恥になるようなことはしてはいけない、母を苦しめるようなことがあってはいけないという戒めがあったからにほかなりません。

32　現在の独立行政法人国立病院機構岡山医療センター。

辞世の句

八十歳《やそじ》過ぎ　生き長らえて　悔いのない
三人《みたり》の子達　すこやかなれば
毎日《にちにち》の　亡夫《つま》の迎えに　今日応え
両手引かれて　黄泉《よみ》にたび立つ

河内美代子

第三部

葬送のあとさき

母に贈る言葉

第三部は、母の葬儀で皆さんにお配りした手製の追悼集に掲載した文章と、新たに寄せられた文章を再構成したものです。子供たちから見た母の姿、家族の思い出、母への感謝の言葉をまとめています。

母の最期～葬儀での挨拶より～

長男・河内洋輔

母は突然全身が黄色くなり、平成十五（二〇〇三）年六月六日に国立病院岡山医療センターに入院しました。初めは「十日もすれば帰れるから」と気軽に話しており、「それならば快気祝いと、少し早いが八十八歳のお祝いも兼ねて親族一同集まる会を企画しようか？」と話していたほどでした。

ところが、次第に体力が落ちて、肺に水が溜まり、誰も予想しなかった方向に向かい始めて、医師、看護師さん一同、身内も及ばぬ懸命な治療と看護をしていただきましたが、ついに七月四日午前四時四十分、あの世に旅立ちました。

そのときの日の出はさわやかで美しいものでした。

死亡診断書の死因は再発性胃癌とのことでした。

母は常に、先のこと先のことを考える性格の人で、病床にありながら十一月の文化祭のお茶とお花、使う道具等もいろいろと話していました。辞世の句も詠んでいました。

「毎日の　亡夫の迎えに　今日応え　両手引かれて　黄泉にたび立つ」という句で、二十三年前に亡くなった父が時々は迎えに来ていたようですが、そのたびに

「まだ早い」と断っていたけれども、「今回はオーケーよ」と腕を組んで「旅に出ましょう」とでも言ったという意味でしょうか。

それに対して私も一句詠みました。

「人の世の　避けえぬ定め　別れあり　今となりては　悔い残るのみ」

人間に限らず、生あるもの全てに、時間の差はあってもやがて別れは必ず訪れるものです。それは分かりきっていることですが、それが現実となってくると、とても寂しいです。

長男である自分が東京に行き、一緒に生活をしていないことは最大の親不幸、もっと度々帰省して励ましてあげればよかった。元気なうちに長年住んでいた台湾にも連れて行ってあげたかった……。いろいろなことに深く詫びて、病院で一晩語り明かしました。

それに対して母は「三人の子育ての苦労に比べ、数倍の恩返しを物心両面で既に受けている。楽しい思い出ばかりだ。気立ての良い面倒見の良い嫁にも恵まれ、優しい孫にも世話になり、可愛いひ孫の顔も見られて、全てに幸せな毎日であった」と答えていました。

その上、台湾から引き揚げて以来、生まれ故郷のこの賀陽町で、しかも吉川八幡宮の真ん前に居を構え、地域の方、近隣の方から心温まる支援を受けて、楽しい人生を送れたこと、何かあればくれぐれも、お礼を申し上げ、感謝していたと伝えてくれるように頼まれておりました。

本当に有り難うございました。私からも厚く御礼を申し上げます。

それから今一つ、母の遺志、遺言とでも言うべきでしょうか、亡くなって遺骨にしたら、即、東京に持って帰るようにとのことでした。亡父の墓は東京にあり、前からそこに入ると聞いてはいたのですが、急がなくてもせめて四十九日まではここ吉川に安置してからでもよいのではと提案してみたのですが、母は一人住まいのため、ここに置いておくと、誰かがお守りをしなければならない。皆、勤めを持っておりそれは思った以上に大変なこと。子供たちに迷惑はかけたくない。どうせ東京に行くのだから即持ち帰るように、とのことでした。
生前、皆様に一方《ひとかた》ならぬお世話をいただいたこと、改めて厚くお礼申し上げます。合掌

娘から見た母の姿

長女・青野マスミ

長女である私は（昭和十六〈一九四一〉年九月二十七日台湾で生まれ）満四歳の頃まで台湾にいた。六十年以上も過ぎ去っており、幼き頃のかすかな記憶しかないが、警戒警報発令「ウーン、ウーン」とサイレンが鳴り響くと、防空頭巾をかぶって防空壕へ走って入り、母と兄と暗い穴の中でじっと待っていた。

外のB29の音が聞こえなくなったら、そっとのぞいてみた。見ると外は爆風で

ホコリだらけ。あちこちに爆弾が落ちていた。

母が「ワァ、ワァ」と大声を出していた。近所の家が壊れたり、人が死んだりしていたようだ。私はただ外に出られるのがうれしかったように記憶している。今でもその当時の、道路、塀、家等の景色の一部が目に浮かぶ。

母がどこかに私たちを連れて行く途中、人々の焼けただれた姿、「水、水……」と力なく叫んでいた姿も浮かぶ。後で聞いた話では、野戦病院に知り合いの人を見舞いに行く途中だったそうだ。

母が洋裁学校に行き、ミシンを踏んでいた姿も思い出す。私はその頃、隣の保育所に預けられていた。赤い色をしたケチャップのご飯が好きでよく食べた。台湾の果物、マンゴーの味を今でも懐かしく思う。

あと記憶にあるのは、引き揚げ船の中で、船酔いをしてとてもつらかったことだ。甲板に上がるはしごの傍でイモ虫のように寝転んで、栄養のない食事ではあるが、それさえも船酔いで口にすることもできず、衰弱もひどかったらしい。船の中では多くの方が亡くなったが、船の中で亡くなると海に投げ捨てられるので、母は一睡もせずに私を看病してくれたそうだ。

母は気が張っていたのか、まだ若かったということもあり、まわりの病人の世話をしたり、揺れる梯子を上り下りしてバケツで他の人の分も受けて配膳したりと、世話をしていた姿が目に浮かぶ。

内地に帰って山の中の坂道（猿見）を、木綿の紺地に花柄のリュックサックを背負って歩いていたら、誰かおじさんが迎えに来てくれてそのまま私をおんぶしてくれた（黒山か河内田のおじさんかおじいさんらしかったが、初めてでもあり疲れていたので寝てしまった）。今でも、母が夜なべして縫ってくれた花柄のリュックサックで持ち帰った品が懐かしく思い出される。

その後、父、母の生まれ故郷、吉川、河内田での暮らしが始まるが、あの時代、物不足で大変だったと思う。父は南方に出征したまま生死も分からず、二人の子供を女手一つで無事に連れて帰って来たものの、随分心細い生活だっただろうと今にして思う。

母も農作業を手伝っていた。生活は大変だったと思うが、梅干し弁当を作ってもらい烏泊《からすどまり》にワラビを採りに行ったり、いつも明るく振る舞っていた。

その後、何の連絡もなく、突然、父が復員してきた。当時は田舎ということもあり、電話、交通機関も不十分で仕方のないことだったのかもしれないが、驚いていた。やがて弟も生まれてうれしかった。

物のない時代、残りの布でサイフを作ってもらったり母の浴衣や服をほどいては、私の上着やワンピースを縫ってくれたりした。今思えば地味な色の服だったが、自分の服を潰しては、育ち盛りの私の服に作り直してくれたものとは当時は知らなかった。その頃、母がミシンを踏みながら『りんごの歌』を口ずさんでいたので私も覚えた。

母はお店や洋裁の仕事をしながら、夜にはお茶、お花の稽古に通っていた。着物をきちんと着て、雨が降る日も、雪の日でも出かけていた。婦人会活動にも熱心に見えた。詩吟をやり、ちぎり絵をやり、民生委員をやり、生活のまだ豊かでないとき、何か心に期するものがあったのかもしれないが、全てに行動的であった。仕事の遅れは徹夜をしてでも、お客には迷惑をかけない意地もあったようだ。

日々の生活が忙しいなか、子供たちにはとても優しい眼差しで話しかけてくれた。学校から帰ると「マスミお帰り。よう帰ったなあー」と一言、私は母の笑顔とその言葉のみで心が癒され、満足感を抱いていたように思う。今、思えば、私の学生時代、就職、結婚と人生のポイント、ポイントを押さえて、助言してくれていた。

嫁いでから、夏祭りやその他の行事に子供や主人と行くと、必ずばら寿司、ナスのゴマ醤油漬け、きんぴら、サラダとたくさん作って待っていてくれた。

そんな母も八十歳頃から足の痛みを訴えて、両膝の関節、膝のいわゆる「お皿」をセラミックか鉄に取り替える手術をした。しかも時間の節約、痛いのは一度に済ませたいとのことで、一度に両足とも。随分と思い切ったことをすると驚いた。その頃、病院に来ていた兄から、「子供たち三人を一応大学まで出してくれたのは母の力だ。数年前に亡くなった父の意見としては、子供は学校よりも手に職を付ける。奉公に出す。そのほうが生活力が付いて強くなる。学校に行かせるだけのお金はないとの考え方だった」と聞いた。

それに対して母は、「全ての財産は台湾に置いて命からがら帰ってきた。山もなければ、田も畑も分けてやるべき財産は何もない。だからこそ学校だけは行かせて、せめて世間に迷惑をかけずに生きていかれる知識だけは与えておきたい。そのためのお金は何とか自分で作ります」との考えで、何回も喧嘩をしていた。

その手前、学費を作るため、店を切り盛りする傍ら、毎晩遅くまでミシンを踏んでいた。その無理が膝の骨を削り、足腰を痛めたのだろう。

電動のミシンに切り替えたのも我々が卒業してからで、余裕もなかったのだと思う。

兄は「僕も仕事をしてからは、できるだけの送金はしていたが、長男としての責任はそんなことで済むことではないし、痛切に責任を感じる。これからは、もっと、もっと、自由に自分だけの人生を楽しめるように、我々三人の子供で力になってあげよう」と話していた。

手術は成功して無事退院してきたが、リハリビを繰り返しても元のように歩けるようにはならず、家の中をつかまり歩き、這う生活になってしまった。しかし一人住まいにもかかわらず、我々に迷惑をかけたくなかったのか愚痴もこぼさず、訪ねて行っても、誘っても元気を装っていた。

平成十四（二〇〇二）年十二月に胃の手術をしてこれも克服。退院後、生き甲斐であるお茶とお花の指導、出会いを楽しんでいた。ときとして寝転んだままの指導にもかかわらず、生徒、社中の皆さんはよくついてきてくださり、盛り上げてくださったこと、深く感謝しております。

最後の入院となった、平成十五年六月四日、国立病院では本人も何となく弱気を見せることもあったが、手厚く医師、看護師さんに治療していただき、満足気な顔を見せてくれた。病気との闘いは大変だったが、多くの方々の温かい励ましに感謝しながら、よく頑張ったと思う。

母は気丈さを秘め、いつも前向きで、自分の信念を持ち、悔いのない生涯を終えたように思う。心豊かで人のためを思い、人々を愛し、人に愛された人生は、本当に幸せだったろう。

私は母のようにはとうてい追いついては行けない。でも、一歩一歩近づきたいと考えている。私も人生後半になった。「まだ頑張るよ」「マスも頑張ってね」と言っている。十分な親孝行ができずに「すみません」と思っていたが、母は「子供たちを育てた苦労以上に、とっくに恩返しはしてくれた。最後まで良くしてくれた。あの世から見守ってあげるよ」との言葉を残してくれた。

お母さん、本当にありがとう。

私にとっての母と台湾

次男・河内是純

私の兄と姉は、大東亜戦争中、台湾の高雄市旗山区で生まれました。

当時、父は高雄警察署勤務で、特高として思想犯担当でした。日本の大学で勉強した優秀な若者、反日運動者たちがいたそうです。父は彼らに「今は時期が悪い。おとなしく静かに」と諭し、食事や煙草を振る舞っていたそうです。

間もなく父は召集され、南方方面へ出征、その後消息は不明になりました。

昭和二十（一九四五）年八月十五日、兄が七歳、姉が三歳のとき、日本は敗戦国となり、十六日未明にかけて日本人を襲う暴動、略奪が各地で発生したそうです。母は同僚の警察官から「奥さん、生き恥をかかぬよう、万が一のときには自決するように」と拳銃を渡されました。切羽詰まった状況のなか、母は自害を決め、二人に覚悟の話をしたそうです。

兄は「死ぬなら痛くないように」、姉は「生きていれば、お父ちゃまに会えるでしょう」と母に訴え、その言葉に母ははっと我に返り「何てことを考えていたか」と茫然自失したそうです。

そこへ「河内家を逃がしてあげなければ、恩を返さなければ、奥さんそこまで暴徒が来ている、早く逃げるように」と、チンホウシュウという人が飛び込んで来て、取るものもとりあえず風呂敷包み二個を持ち、着の身着のまま子供たち二人を裏の風呂場の窓から投げ出し、自分も飛び降りて脱出したそうです。

チンさんの用意してくれたトラックの荷台に駆け上がり、しばらく走ったところで振り返ると、官舎は紅蓮の炎を上げていました。危機一髪、裸一貫の脱出劇だったようです。逃げ遅れた日本人婦女子は、大変惨めな状況になったと落ち延びた先で聞かされ、気を取り戻すのに時間がかかったそうです。

そして帰還まで幾多の曲折後、三人は故郷吉川に引き揚げることができました。しかし依然として父の生死は不明のままでした。その頃父は、歌にもなっている悪名高きフィリピンのモンテンルパ刑務所に収容されていたのです。

昭和二十一（一九四六）年、父は吉川に何の前触れもなく、ひょっこりと帰国してきたそうです。久々に我が子と対面ができた瞬間でした。

しばらくして私が第一次ベビーブーム、のちの団塊の世代とよばれる一員として誕生したというわけです。

終戦時、軍曹であった父は帰国後、ときをおかず東京裁判にC級戦犯として喚問されました。着る服もなくドンゴロス[33]をくり抜き、首と両手を出し荒縄で腰を縛られ、異形の出で立ちで吉川から大井まで歩き、バスで足守駅へ、そこから汽車で横浜に着きました。

米軍の調べは詳細で、裁判では誤魔化しようはなかったそうです。幸いにして、父は独身時代フィリピンで貿易関係の仕事をしており英語が話せました。当時はゴルフやテニスもしていたようです。裁判は通訳なしで応答し、三日間の尋問後、無罪放免を勝ち得たのです。

帰るときは三日間の日当、旅費、背広、靴等が支給され、「こんな国を相手に日本は戦争をしていたのか」と、再び大ショックを受けたとそのような話を子供の頃に聞かされました。

年月も経ち、兄姉が元気なうちに生まれ育った高雄を訪ね、助けていただいた人にお礼を申し上げようという話が出ました。その人の手掛かりは、私が小学生のときに母から聞いた「チンホウシュウ」という名前だけ。それも合っているかどうか定かではありませんでした。父母はとっくに他界し、確認のしようもないなか、その人名と、旗山、高雄警察を頼りに、姉の娘婿が台湾在住の友人、元日台交流協会文化室長でシンガーソングライター兼俳優でもある馬場克樹さんに事前捜索を依頼しました。

33　麻袋のこと。

山陽新聞
2015年(平成27年)7月17日　金曜日

命の恩人の孫と対面

終戦直後、台湾・高雄の暴動から救出

戦後70年

終戦直後の台湾・高雄市で発生した暴動から救出され、九死に一生を得た美咲町西川、青野マスミさん(73)が同市を訪れ、命の恩人の孫と対面を果たした。青野さんは「70年の時を経てお礼も言えた。思わぬ厚遇に感無量」と喜んでいる。

（中田信治）

美咲の青野さん

戦争当時の写真を見る青野さん（右）と弟の河内是純さん

「思わぬ厚遇に感無量」

戦争当時、青野さんは兄の河内洋輔さん(77)＝東京都荒川区＝の4人で特高警察だった父と母、高雄警察の官舎で生活。父がフィリピンへ出征した後も、同所で暮らし続けていたという。

暴動は1945年8月15日夜から16日にかけ、日本人を狙って起きた。しかし被害が及ぶ直前、父に恩義を感じていた台湾人の「チンホウシュウ」さんに助けられた。

母が残した手記などによると、チンさんは風呂場の窓から3人を救出し、トラックの荷台に乗せて日本人が集まっていた港まで送ってくれたという。途中で振り返ると、住んでいた官舎は炎に包まれていたらしい。

台湾へは4月、洋輔さんらと訪問した。当時住んでいた高雄市旗山区を見学するだけの予定だったが、台湾の知人の働き掛けで旗山区が恩人を調査。同区で消防隊長を務めた「陳芳洲」さん(故人)と判明し、飲食店を経営する孫の陳鋕成さんを紹介された。

3歳だった青野さんに当時の記憶はないが、「『祖父は普通のことをしたまでです』と言ってくれた。言葉が出ないほどうれしかった」と感激。木造だった官舎はコンクリート造りのビルに変わっていたものの、遊んでいた公園や神社は昔の面影を残していた。

戦後、青野さんの一家は吉川村（現吉備中央町吉川）に帰郷。父母と暮らした弟の同所、河内是純さん(67)は「母から生前、自害も覚悟していたと聞いた。急迫した中で家族を救ってくれ、今もその孫が礼を尽くしてくれる。人の絆の強さを感じます」と話している。

戦後70年の節目に掲載された記事。写真は弟の是純（左）と妹のマスミ（右）。

出典：2015年７月17日付「山陽新聞」朝刊

そして平成二十七（二〇一五）年四月二十七日に高雄市旗山区に到着する日程で、話が進んでいきました。私は仕事上、同行できませんでしたが、馬場さんによると旗山区の郷土史研究家等の縁で、旗山の黄区長につながり「湾生[34]が日本から恩人を捜しに来る」と現地で話題になったようです。

兄姉と娘婿が台湾に入る前に、なんと恩人の名はチンホウシュウさんで間違いなく、正確なお名前は陳芳洲さん（当時の日本名：陳芳洲太郎さん）であることが判明しました。消防署長をされていたこと、お孫さんが健在であることも分かりました。

旗山に着くと、区長主催の歓迎食事会を開いていただき、陳さんのお孫さんともご一緒してお礼を述べたところ、「祖父は当然のことをしただけです。そのことは祖父から聞いていました」と話され、内容は一致しました。

官舎は火災に遭い、現在は薬局になっていました。神社を見つけ、その頃遊ん

34　日本統治時代の台湾で生まれ、戦後日本に引き揚げた日本人のこと。

2020年（令和2年）12月【東京版】(6)

思い立ったが台湾吉日

日本人に人気の海外旅行先として挙げられる台湾。台湾と日本の交流を勉強してみよう！

新型コロナ 台湾と日本の学校

世界各地で新型コロナウイルスの感染拡大に伴い、学校の休校が相次ぎました。台湾では、早い段階で人の流れを制限して、感染拡大を防ぐと同時に、授業再開の準備を進めていました。

台北市中山区の長安小学校（児童数約500人）では、校門で先生と保護者が交代で協力して児童たちの体温を測り、児童たちは校門を入ったところの消毒場所で手を念入りに消毒します。

2月2日に始まる予定だった新学期を2週間遅らせて、その間に台湾政府はマスク、消毒液、体温計など必要な物を各学校に配布しました。

日本では、緊急事態宣言が出される前から、政府から休校要請が出され、子ども達の安全を考えた対策が取られました。学校が再開された後も、分散登校や時差登校から始まり、現在も手洗いはもちろん、家庭と学校が連携した体調管理などを行い、子どもたちが安全に学校生活を送れるよう考えられています。

また直接交流が出来る日を願って、台湾も日本も子どもたちの安全・健康を第一に考えた対策が取られています。

鉄道のつながり

日本と台湾の鉄道のつながりは深いものがあります。

「台湾高速鉄道」は、台湾の都市を横断する高速鉄道のことです。

2007年1月に開業した台湾高速鉄道は、世界で初めて日本の新幹線の車両と技術を導入しました。

車体は、日本のJR東海とJR西日本が共同開発した新幹線700系の技術やデザインを基準として作られました。

硬券切符の製造には日本製の機械が今も使われています。新幹線を通して、日本と台湾はつながりを持っています。

台湾高速鉄道は、台北市から台湾南部最大の都市・高雄市までの345キロメートルを、約90分で行き来することができます。外国人限定で、お好きな区間で自由席・指定席に期間内に何度でも乗車できる、乗り放題フリーパスもあります。乗り放題プランには「連続3日間乗り放題」と「7日間以内の好きな2日乗り放題」の2種類があります。

台湾高速鉄道に乗って、台湾と日本のつながりを感じながら、台湾観光を楽しむことができます。

【提供：毎日新聞社】

◆

台湾生まれの兄妹の帰郷のお話し

70年前、命を救ってくれた「チンホウシュウさん」を探し当て、ひと言、お礼の気持ちを伝えたいと台湾を訪れた兄妹がいます。東京都に住む河内洋輔さん（82）と、岡山県で暮らす（現姓・青野）マスミさん（79）です。2人からは日本と台湾のつながりが浮かび上がってきます。

台湾は1895（明治28）年から日本が治めていました。洋輔さん、マスミさん兄妹の父、梅さんは当時、台湾で働く警察官。兄妹も台湾の都市、高雄で生まれました。

その状況は1945年8月15日に一変します。日本が太平洋戦争に敗れ、現地は不穏な空気に包まれ、混乱に巻き込まれるおそれが高まりました。

兄妹は母美代子さんとの3人暮らし。梅さんは遠い戦地でした。不安にすくむ母子をせき立ててトラックに乗せ、船の待つ港に運んでくれたのが梅さんの知人だった「チンホウシュウさん」でした。

兄妹が高雄を再訪したのは2015年。わずかな手がかりを頼りに命の恩人を探す2人に、地元の郷土史研究家や区役所の職員らが手を差し伸べます。「チンホウシュウさん」は、「陳芳洲さん」だと分かりました。

すでに亡くなっていた陳さんに代わり、兄妹はお孫さんに感謝の気持ちを伝えました。その時、お孫さんはこう言ったそうです。「祖父は当たり前のことをしただけですよ」。

洋輔さんの記憶は今も鮮明です。取材に「70年ぶりの台湾の街は清潔で、マナーの良さが印象的でした。会う人会う人がみんな親切で、日本と台湾のきずなの深さを感じました」と話しました。

▲陳芳洲さんのお孫さん（右端）と記念写真に収まる河内洋輔さん（左端）、青野マスミさん兄妹＝提供

台北駐日経済文化代表処 https://www.roc-taiwan.org/jp_ja/index.html

台湾の特集の中で、70年ぶりの訪台について紹介された。
出典：2020年12月「毎日小学生新聞」

でいたことや学校等も思い出したようです。

一連のことは旗山の新聞にも掲載されました。二人にとってかけがえのない心に残る自分探しの旅となりました。

陳芳洲さんの甥は、第一四代台湾副総統を務められた陳建仁《ちんけんじん》さん、家系的にも素晴らしい一族のようでした。帰国後、姉は「山陽新聞」の取材を受け、六年前に「命の恩人の孫と対面」として記事になりました。

この件は一件落着と思っていましたが、馬場さんがウェブサイトに記事を掲載したところ、それを見た台北駐日経済文化代表処の方が、「毎日新聞」に依頼されて、令和二（二〇二〇）年の十二月に「毎日小学生新聞」に日台の交流を取り上げました。その中に「台湾生まれの兄妹の帰郷のお話し」として掲載されました。

この新聞は東京都の小学生に配布される予定と聞いていましたが、近県の小学校でも配布されたらしく、十二月のある日、千葉県在住の長男から電話が入り、

「小学生の娘が学校から新聞をもらって帰った。どんな内容かとぱらぱらとめくったところ、伯父さんと伯母さんの顔写真と記事が！」と、長男一家も驚いたそうです。

コロナが収まれば、先方も待たれている旗山区に再度訪問する予定です。せっかくのご縁を大切に、今後も交流を続けていければと思っています。

七十五年以上経っても繋がる人の縁の不思議さ、国境を越えた交流の不思議さに心が震えます。いただいた大切な命であることを、改めて肝に銘じました。

家族からの言葉

弟は日本で生まれているため直接台湾とは関わりはないものの、長年父母から台湾での思い出話を聞かされ、親しみ、懐かしさといったイメージを抱いているのかもしれません。そういう私も幼い頃に引き揚げてきているので、台湾に親しい友人知人がいるわけでもなく、記憶もごく限られたものしかありません。

先日、弟の是純より電話があり、「新型コロナウイルスの騒ぎが一段落したら一緒に台湾旅行をしないか」と言われましたが、今の私には長旅をする気力、体力、自信がありません。

相変わらず両膝が痛く、杖をついていても歩けず、十分と立っていられません。本当はもう一度、訪台したいと思っていますが、皆に迷惑をかけるので辞退するつもりです。その代わり、母・美代子の一生と台湾のことをまとめ、母が生きてきた証を本にでもまとめておきたいと伝えると、自分も一筆書くからその中に入れてくれと言われ、届いたのが先の文章です。

私は高校生になると学校の寮に入り、卒業後は東京に出て、早くから親元を離れていましたが、弟は親との生活も長く、台湾での苦労話もいろいろと聞いていたのだろうと思います。

次に、是純の妻と私の妻が母に向けて詠んでくれた短歌を添えておきたいと思います。

嫁《か》してより　義母《はは》を慕《した》いて　過ごしけり
永遠《とわ》の別れに　なりにし今も

義母《はは》と居《い》し　時の速さや　七七忌

河内幸子

病《や》んでなお　我を気遣《きづか》ふ　義母《はは》ありて
縁《えにし》の深さ　今にし思ほゆ

河内晶子

望郷の念を胸に

新聞やテレビで台湾という言葉を目にすると、なぜか心を惹かれるものがある。

引き揚げ時、まだ幼く台湾の記憶はあまりないはずなのに、そこで生まれたということで、何物にも代えがたい感情が湧くのかもしれない。

日本と協力して新幹線を作る物語もテレビで見た。是非一度、懐かしい台湾を訪問したい。名所旧跡を訪ねるのではなく、台湾の土地、人に触れたいと考えていたが、思いがけず七十年ぶりにやっと願いが叶えられた。

出会った皆さんは親切で、何の不安もなく心癒される旅であった。

三泊四日の旅を通じて、改めて人と人の繋がり、父の愛情、母の苦労、個人の努力だけではいかんともしがたい戦争の悲劇を痛感した。引き揚げ船では、失望のあまり海に飛び込む人もあり、母と妹、私の三人はそれに耐えて、無事に内地に上陸できたものの、辺り一面の焼け野原。そこから岡山の父母の出身地までの行程は、何に乗り、どうやって帰郷したのか。我慢、我慢の連続だったような気がする。

今更ながら、台湾の方、日本に帰ってから支援をしてくださった方、全ての方に感謝の気持ちで一杯である。

戦争は惨めだ。どちらが勝とうが負けようが、お互いが破壊しあう競争で被害を受けるのは一般の庶民である。

それにしても、里帰りの際に台湾でお世話してくださった方、街を行く人々の、何と明るいことか。言葉は通じなくとも、好意に満ちた視線で、統治時代にあの橋も鉄道も作ってくれたとか、大きなダムも発電所もできたとかいろいろな話を聞かせてもらった。

新幹線も高速道路も地下鉄も、日本と同じようにできており、ビル街では渋谷でも散歩している気分で全く違和感はなかった。それでも一歩郊外に出ると、ヤシの木、マンゴー、バナナが茂り、まさに理想郷ユートピアの感があった。

戦後七十年。このような台湾に父母を一度連れて行き、その発展した明るい現状を見せてあげられなかったことを、今ひどく後悔している。

日本も台湾も共に発展して、そこに暮らす民が安心して幸せに暮らす国であってほしいと願うばかりだ。

河内家略家系図

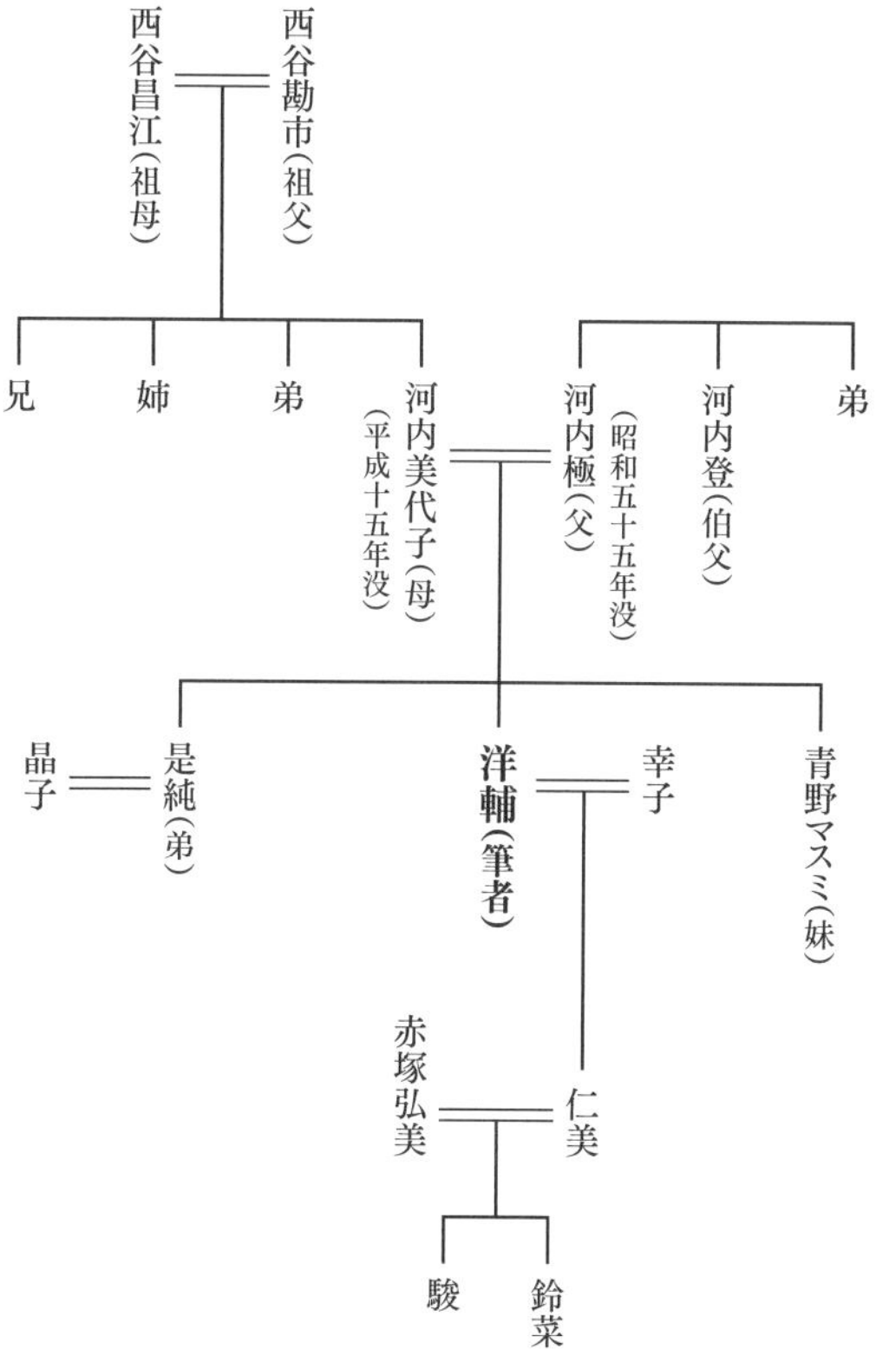

カッコ内は筆者から見た続柄

河内家略年表

西暦	年号	年齢 洋輔（筆者）	年齢 美代子（母）	年齢 極（父）	河内家の出来事	世界の出来事・事件
1912	明治45／大正元			0	父・極が生まれる	第一次護憲運動
1913	大正2			1		大正政変が起こる
1914	大正3			2		第一次世界大戦開戦
1915	大正4			3		大戦景気が始まる（〜1920年まで）
1916	大正5		0	4	10月25日に母・美代子が生まれる	アインシュタインが一般相対性理論を発表
1917	大正6		1	5		駐日英国大使が日本艦隊の欧州派遣を要請
1918	大正7		2	6		第一次世界大戦終結
1919	大正8		3	7		関東軍総司令部条例公布（関東軍設置）
1920	大正9		4	8		国際連盟設立
1921	大正10		5	9		メートル法公布
1922	大正11		6	10		全国水平社結成
1923	大正12		7	11		関東大震災発生

1924	大正13		8	12		甲子園球場オープン
1925	大正14		9	13		治安維持法が定められる
1926	大正15／昭和元		10	14		明治神宮外苑完成
1927	昭和2		11	15		日本初の地下鉄銀座線（浅草—上野間）が開通
1928	昭和3		12	16		ラジオ体操が初めて全国中継される
1929	昭和4		13	17		世界恐慌が始まる。
1930	昭和5		14	18		第1回サッカーW杯開催
1931	昭和6		15	19		満州事変が起こる
1932	昭和7		16	20		五・一五事件が起こる
1933	昭和8		17	21		日本が国際連盟を脱退
1934	昭和9		18	22		渋谷駅前にハチ公の銅像が建てられる
1935	昭和10		19	23		第1回芥川賞と直木賞が決定
1936	昭和11		20	24		二・二六事件が起きる
1937	昭和12		21	25	2月10日結納当日に美代子の祖父が逝去。3月10日美代子が台湾に出発。12月15日極が出征	盧溝橋事件をきっかけに日中戦争が始まる
1938	昭和13	0	22	26	4月3日洋輔（著者）誕生	国家総動員法が制定される
1939	昭和14	1	23	27		第二次世界大戦開戦

西暦	年号	年齢 洋輔（筆者）	年齢 美代子（母）	年齢 極（父）	河内家の出来事	世界の出来事・事件
1940	昭和15	2	24	28	5月極が復員。旗山の警察署勤務	日独伊三国軍事同盟が結ばれる
1941	昭和16	3	25	29	9月27日マスミ誕生	太平洋戦争（大東亜戦争）開戦
1942	昭和17	4	26	30		日本軍、ミッドウェー海戦で大敗
1943	昭和18	5	27	31	4月極に再び召集令状が届き出征	アッツ島をはじめ各地で日本軍が大敗
1944	昭和19	6	28	32		B29による本土爆撃が激化
1945	昭和20	7	29	33		3月沖縄戦始まる。8月広島・長崎に原爆投下。8月15日終戦
1946	昭和21	8	30	34	3月台湾の高雄港を出港。20日広島の大竹港入港。10月極が復員	極東軍事裁判が開かれる
1947	昭和22	9	31	35		日本国憲法施行
1948	昭和23	10	32	36	2月16日是純誕生	極東委員会が日本非武装化指令を採択
1949	昭和24	11	33	37		湯川秀樹が日本人初のノーベル賞受賞
1950	昭和25	12	34	38	8月自宅建築開始	第1回さっぽろ雪まつりが開催

1951	昭和26	13	35	39	新居に移り住む	第1回NHK紅白歌合戦がラジオで放送
1952	昭和27	14	36	40		日米安全保障条約発効
1953	昭和28	15	37	41		NHKが日本初のテレビジョン放送を開始
1954	昭和29	16	38	42		東宝映画『ゴジラ』が公開
1955	昭和30	17	39	43		米国カリフォルニア州にディズニーランド開園
1956	昭和31	18	40	44		日本が国際連合に加盟
1957	昭和32	19	41	45		日本の南極地域観測隊が南極大陸初上陸
1958	昭和33	20	42	46		東京タワー開業
1959	昭和34	21	43	47		皇太子明仁殿下と美智子様がご成婚
1960	昭和35	22	44	48		池田勇人首相が所得倍増計画を発表
1961	昭和36	23	45	49		ジョン・F・ケネディが米国大統領就任
1962	昭和37	24	46	50		ジャニーズ事務所創業
1963	昭和38	25	47	51		米国大統領ジョン・F・ケネディが暗殺
1964	昭和39	26	48	52		東京オリンピック開催
1965	昭和40	27	49	53		大韓民国と国交回復
1966	昭和41	28	50	54		日本の総人口が1億人を突破
1967	昭和42	29	51	55		金栗四三が50年以上かけてマラソンでゴールイン
1968	昭和43	30	52	56		小笠原諸島が日本に返還
1969	昭和44	31	53	57		アポロ11号が世界初の月面着陸
1970	昭和45	32	54	58		大阪万博開催

西暦	年号	年齢 洋輔(筆者)	年齢 美代子(母)	年齢 極(父)	河内家の出来事	世界の出来事・事件
1971	昭和46	33	55	59		「カップヌードル」発売
1972	昭和47	34	56	60		沖縄諸島が日本に返還。札幌オリンピック開催
1973	昭和48	35	57	61		第一次石油危機
1974	昭和49	36	58	62		小野田寛郎陸軍少尉がフィリピン・ルバング島から帰還
1975	昭和50	37	59	63		ベトナム戦争終結
1976	昭和51	38	60	64		ロッキード事件で田中角栄前首相逮捕
1977	昭和52	39	61	65		円高新記録
1978	昭和53	40	62	66		日中平和友好条約調印
1979	昭和54	41	63	67		第二次石油危機
1980	昭和55	42	64	68	6月10日父・極死去（享年68）	イラン・イラク戦争勃発
1981	昭和56	43	65			初のスペースシャトル打ち上げ
1982	昭和57	44	66			フォークランド紛争勃発
1983	昭和58	45	67			東京ディズニーランド開園
1984	昭和59	46	68			グリコ・森永事件発生

1985	昭和60	47	69			プラザ合意がなされる
1986	昭和61	48	70		家を新築	ハレー彗星が76年ぶりに大接近
1987	昭和62	49	71			世界人口50億人突破
1988	昭和63	50	72		母・美代子が吉備松下工場をご視察される皇太子ご夫妻をお迎えするための生け花を担当	リクルート事件発覚
1989	昭和64／平成元	51	73			消費税開始。天安門事件
1990	平成2	52	74			東西ドイツ統一
1991	平成3	53	75			湾岸戦争勃発。ソ連崩壊。雲仙・普賢岳で火砕流
1992	平成4	54	76			ユーゴスラビア解体
1993	平成5	55	77			皇太子徳仁殿下と雅子様がご成婚。Jリーグ開幕
1994	平成6	56	78			yahoo! 創業
1995	平成7	57	79			阪神・淡路大震災。地下鉄サリン事件
1996	平成8	58	80			腸管出血性大腸菌「O‐157」による集団食中毒発生
1997	平成9	59	81			香港が中国に返還
1998	平成10	60	82			長野オリンピック・パラリンピック開催
1999	平成11	61	83			ユーロ通貨導入。マカオが中国に返還
2000	平成12	62	84			ITバブル崩壊

西暦	年号	年齢 洋輔（筆者）	年齢 美代子（母）	年齢 極（父）	河内家の出来事	世界の出来事・事件
2001	平成13	63	85			米9・11同時多発テロ（9月）。アフガニスタン攻撃
2002	平成14	64	86			ユーロ紙幣・硬貨流通開始
2003	平成15	65	87		7月4日母・美代子死去（享年87）	イラク戦争
2004	平成16	66				市町村合併が相次ぐ
2005	平成17	67				ロンドン同時爆破事件
2006	平成18	68				世界の推計人口65億人突破
2007	平成19	69				サブプライムローン問題が発生
2008	平成20	70				リーマン・ショックが発生
2009	平成21	71				新型インフルエンザが世界的に流行
2010	平成22	72				ドバイに超高層ビル「ブルジュ・ハリファ」がオープン
2011	平成23	73				東日本大震災発生
2012	平成24	74				東京スカイツリー竣工
2013	平成25	75				2020年夏季オリンピック開催地が東京に決まる
2014	平成26	76				御嶽山が噴火（58名が死亡）

2015	平成27	77			70年ぶりに台湾・高雄を訪問し、恩人の孫と対面。「山陽新聞」に記事が掲載	ラグビーW杯で日本が南アフリカに歴史的勝利
2016	平成28	78				蔡英文が女性初の台湾総統となる
2017	平成29	79				トランプ政権発足
2018	平成30	80				日産カルロス・ゴーン会長逮捕
2019	平成31／令和元	81				沖縄の首里城が火災により消失
2020	令和2	82			「毎日小学生新聞」に記事が掲載	新型コロナウイルス感染症が世界的に流行
2021	令和3	83				1年遅れで東京オリンピック・パラリンピック開催

戦時中の河内家のアルバムより

警察の制服姿と思われる父・極。

娘時代の母・美代子。

軍服姿の父。

写真の裏には「高雄州屛東市ニ於テ　昭和十一年拾月弐拾九日」との記載がある。

台湾で日本人の数組の家族で暮らしていた頃に撮影されたと思われる写真。中央で子（筆者）を膝にのせているのが母。

装幀　佐々木博則
写真　筆者提供
図版　桜井勝志
本文デザイン　宮地茉莉

〈著者略歴〉
河内洋輔（かわうち　ようすけ）
昭和12年、台湾で警察官として任務にあたっていた父親の元に、日本の岡山県から母が嫁ぐ。翌昭和13年に台湾・高雄で湾生として生まれる。終戦の翌年、父母の出身地である岡山県に命からがら引き揚げ船で帰国。母の手記を読み、母の人生や当時の状況を記録として残しておきたいとの思いから出版。
著書に『君はもう帰ってこない　認知症になった妻へ送る片便り』（ＰＨＰエディターズ・グループ）がある。

台湾引き揚げ一家の記録
命の恩人と“再会”した70年ぶりの里帰り

令和３年８月31日　第１版第１刷発行

著　者　　河内洋輔
発　行　　株式会社ＰＨＰエディターズ・グループ
〒135-0061　東京都江東区豊洲5-6-52
☎03-6204-2931
http://www.peg.co.jp/

印　刷
製　本　　シナノ印刷株式会社

ISBN978-4-909417-90-9